U0048868

Joke van Leeuwen

想飛的孩子

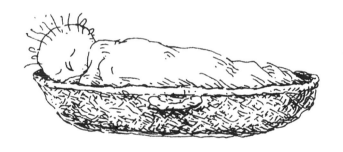

尤可‧范‧李文　著　　　林蔚昀　譯

目次

想飛的孩子

5

解說
關於放手

林蔚昀

203

畫三條線。

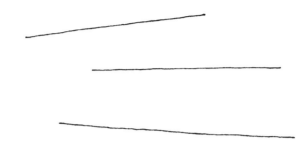

稍微彎曲一下。

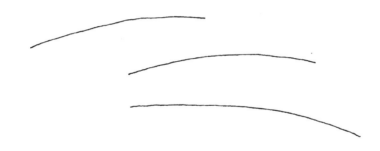

再把它們疊在一起。

就是我們這個故事的背景了。

想像一下，太陽高高掛在空中，
但在畫面中放不下。
你也要畫一點灌木和樹林。

還有小徑。

人們有時候會走在小徑上，
還有昆蟲和蝸牛也是。
昆蟲和蝸牛不知道自己走在小徑上。
但是人們知道。就像遠方的這個男人。
他正在看鳥。而且他知道這件事。

1

華倫喜歡鳥。他覺得賞鳥是人生最棒的事之一。比欣賞畫作或是看電視棒多了。

每天，華倫都會在他家附近散步。遠方的風景看起來像是三條彎曲的線，上面有著灌木、樹林和小徑，太陽高高掛在空中──就像所有美好的夏日。

華倫總是帶著望遠鏡。鳥不喜歡你靠牠們太近。而且，華倫有一本賞鳥圖鑑。即使鳥在好遠好遠的地方，他都可以在圖鑑中找到牠們的名字、顏色和面孔。

（鳥真的有面孔嗎？人和動物有很多共同點。有時候他們看起來甚至很像。）

　　每當華倫看到一隻鳥，他就會在他的賞鳥圖鑑中比對細節。當所有的一切都符合描述，華倫心裡會覺得暖洋洋的。他好希望有一本書是關於整個世界，然後所有的一切都符合書上寫的。

　　有一天，華倫又在鄉間散步，他翻看了一個灌木叢。通常他不會這麼做。通常，他只會望著天空，或是看著樹梢，但不會去看灌木叢底下有什麼。但是那天他就這麼做了。他突然有一種感覺，彷彿他看到一隻鳥躺在那裡，一隻猛禽。但他找到的和他想像的很

不同，他沒辦法在他的鳥類圖鑑上找到相符的結果。它有翅膀，但也有腿和腳，看起來就像人的腿和腳。尤其是腳，腳上有小小的腳趾頭和趾甲，在趾甲裡還有一點點泥土。

　　華倫在灌木叢下找到的，看起來像是一個人類小孩，只是身上沒有穿衣服，而是長著羽毛。在該長著手臂的地方，則長著翅膀。真正的翅膀。

有一瞬間，華倫以為這是一個從天上掉下來的天使。但當然，他知道那不是天使，因為天使有手臂。天使的翅膀長在背上，而他們的手臂就長在手臂該長的地方。至少，人們一直都是這樣想像天使的。

但那不是天使，而是一隻鳥，有著小女孩的形狀。或是一個小女孩，有著鳥的形狀。或是介於兩者之間。

　　她熟睡著。華倫想，或許她被拋棄了。以前的父母會這麼做——當他們很窮，或是孩子身上有東西不太對勁。他們會把孩子放在某處，期待有人找到他們。放在某個人的門前，或是花圃。當然，你有時候也會看到一個大人倒在門前或是花圃裡，但那跟這是兩回事。沒有人會覺得他們躺在那裡是為了被人找到。

　　但不管怎樣，鳥不會拋棄牠們的雛鳥。

　　華倫把那個生物抱起來，讓它依偎在他懷裡。它的兩隻眼睛睜開了一下，接著又闔上了。華倫往左看、往右看，又往左看。

　　他沒看到任何人，只有兩隻甲蟲。

　　「喂！」他呼喚：「這個是誰的？」

　　沒有人回答。只有一隻熟悉的鳥在叫，而那隻鳥已被記載在華倫的圖鑑上。

　　華倫大叫：「這樣的話，我要把它帶走了，我要帶走它了！」然後他就帶著這個鳥孩子回家了，一路上把他的手臂彎成像是一個鳥巢。望遠鏡在他背上晃啊晃。

「沒道理。」他不斷告訴自己。「這根本不可能。」
但是他知道，證據就在他手裡。

2

　　華倫和妻子提娜住在山丘後的一間小房子。這房子有很多空隙。如果你躺在床上的時候有人正在煮湯，你馬上就會聞到。當然啦，通常沒有人會在那個時候煮湯。誰躺在床上的時候會想要喝湯呢？

　　華倫懷裡抱著鳥女孩回來。一開始，提娜什麼都沒注意到，她正忙著看電視。電視上人們正在談論可怕的疾病。

比如驚人的痘痘。

或是恐怖的皺紋。

難以置信的頭疼。

聽到這些可怕的消息，提娜忘了她其實健康無比。

「看看這個。」華倫說。

提娜轉過身。

「你手裡是什麼？」她問。

「我找到的。」華倫說。

提娜瞪著華倫手裡的那一團。她小心翼翼的伸手去摸。

「這沒道理。」她說：「它有翅膀。」

「對。」華倫同意。「它還有腳。」

「它是躺在某個地方嗎？」

「對，沒錯。」華倫說：「沒有人放紙條，我甚至大喊，問這是不是屬於某個人的。」

提娜把棄嬰抱到懷裡。她摸了摸翅膀，看看它們是不是真的長在那孩子身上。

「她是活的。」她說。

「對。」華倫說：「所以我想，它真的存在。」

「我想要把它留下來。」提娜說，摸了摸沉睡女孩的頭。「雖然我們好像應該通知警察？當你找到一個棄嬰，你應該要通知警察。」

「沒錯，當你找到棄嬰你應該要通知警察。」華倫說：「但是當你找到一隻被遺棄的鳥，就不用。」

「它肯定沒有在你的鳥類圖鑑裡吧？」

「沒有。這是一種很稀有的鳥，也許只剩下一隻了。雖然我認為，牠們以前更多。」

「她對我來說比較像是一個人，而不是鳥。」提娜說。

「妳看仔細一點。」華倫說：「它有兩隻小腳，它們看起來像是人類的腳，但是鳥也有腳。它有一顆小腦袋，但是鳥也有腦袋。然後它有一雙翅膀。所有的鳥都有翅膀，但是人沒有。所以我會說，它比較像是鳥，而不是像人。」

「如果你想要，你可以假裝她是鳥。」提娜說：「但是對我來說，她就是一個孩子。現在她需要一點

牛奶和幾片水果。」

　「或許還有種子？試試看加一點吧。」

　棄嬰突然睜開眼睛了。還有嘴巴。她的整張臉都因為用力而脹紅。

　她發出了一個聲音：「咿普！」

　但就如此而已。

3

在房子後面的小倉庫，提娜找到了一個籃子，看起來既像一張床，又像鳥巢。她讓長得像鳥的女孩穿上一件華倫的舊背心，把她放進籃子，用一個枕頭套給她當被子。

華倫從廚房拿了兩張椅子來。他和提娜兩人並排坐著。他們一起看著籃子。習慣一件新事物要花一點時間。

「一定不能讓別人知道。」提娜說：「她太稀有了，人們都會想要擁有稀有的事物。我們得把她的翅

膀藏起來。」

「對。」華倫同意，「我們得把她的翅膀藏起來。」

然後他們繼續靜靜的看著鳥女孩。

最後華倫說：「她得有個名字。鳥都有名字，即使沒有很多人知道。」

「你不能給她取鳥的名字。」提娜說：「鳥的名字都是很難學的拉丁文，太難了，平常不好叫。」

「才不是。」華倫說：「鳥也可以有簡單的名字。比如蒼頭燕雀、麻雀、黑鳥、扇尾鶲、喜鵲、鐘鳥、小嘴鴴、鷦鷯、鷳鷉、燕子或是紅雀。」

「如果有人給我取名叫喜鵲，我可不會喜歡。」提娜說：「我想要一個好一點的名字。」

「最棒的是，」華倫說：「我們可以給這個棄嬰取名，因為是**我們**找到她的。我敢說，這種鳥之前還沒有人命名，我書中找不到。我們可以用我們的名字給

她命名。當你找到一個新物種，你可以這麼做。這就像是如果你發現一個新疾病，可以用自己的名字來稱呼它。」

「誰會想要用自己的名字給疾病命名？我就不會！先不管這個，你為什麼一直講疾病？每次當我們很開心，你就開始談疾病。」

他們花了很久想了很多名字。他們一邊試，一邊看著籃子，想看看這名字是否適合籃子裡的女孩。

鳥寶寶，他們說。然後他們又說了：小飛人、腳踏車鈴鐺。（「**取這名字**是什麼意思啊？」「我只是在試嘛。」）

他們又試了小啾、飄飄、飛飛、吱吱和茱莉安娜。

但是最後他們叫她鳥鳥。他們都很滿意這個名字。

（「或許小啾比較好？」）

（「不，不。」）

（「好吧。」）

4

　　華倫和提娜給鳥鳥買了衣服。這些衣服很適合她的下半身，但不適合她的上半身。提娜在上衣剪出兩個大洞，這樣鳥鳥的翅膀就可以穿過去。她也做了一件很寬大的披風。這件披風把鳥鳥的翅膀吞沒，沒人會看到她有翅膀。

提娜買了一台很不錯的娃娃車，上面畫著蓬鬆的白色雲朵。她把鳥鳥放在裡面。現在她看起來就像一個正常小孩，**他們的**小孩。鳥鳥望著天空，然後說：「咿普！咿普！」

　　提娜和華倫都很驕傲，鳥鳥會說「咿普」。

　　「她已經會說第一個字了。」提娜說。

　　翅膀不能被發現。因為人們會開始八卦。然後每個人都會想來看鳥鳥一眼。他們可能會開始相信，鳥鳥**曾經是**天使。到頭來，沒有人知道太多關於天使的事。他們可能會開始向天使求這求那，比如說讓驚人的痘痘、恐怖的皺紋或難以置信的頭疼消失。而那會帶來太多麻煩。

　　有時候會有人往娃娃車裡張望。一顆大頭會擋住天空。

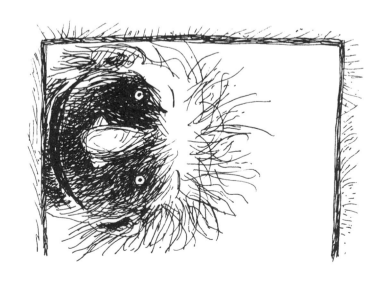

有時候會有人問：「她是你們的小孩嗎？」

這時候華倫會回答：「她是我們借來的。」

人們接著會想知道，你可以在哪裡借到一個小孩。有些人似乎覺得，能夠借一個小孩，然後在你改變心意時把他還回去，是件很方便的事。

「她來自很遠的地方。」提娜會如此回答。「你們要消息很靈通才能知道這樣的事。」

然後她會快速瞄一眼娃娃車。

你可以在娃娃車裡看到兩團隆起物。在這兩團隆起物下，可能會是任何東西。

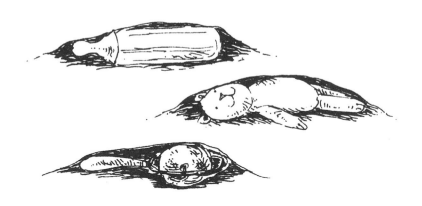

有誰會想到，在平凡普通的夏日街道上，他們會在那裡藏著翅膀？

5

　鳥鳥長得很快。她在一週內的變化，就像其他小孩在一年內的變化。只有一件事不同——她比其他小孩小，也比其他小孩輕。

　很快地，鳥鳥就爬出籃子，開始學走路。學走路並不容易，所有生物都會覺得，踏出第一步是最困難的。

但是鳥鳥覺得這很簡單。如果她快要跌倒了，她就拍拍翅膀，這可以幫助她恢復平衡。因為她真的很輕，所以一點都不難。

　　她用蹦蹦跳跳的方式學飛，每一次跳躍，她在空中停留的時間都比上一次更長。很快的，她可以往上飛一公尺，還可以拍著翅膀從一面牆飛到另一面牆。

再一次，華倫和提娜坐在廚房，從旁邊看著鳥鳥。

「你看，會飛很有用吧？」提娜說：「我從來沒注意到。你有沒有想過這個問題：『如果我會飛，那該有多好？』」

「不，我從來沒想過。」華倫說：「我從來沒想過我是不是少了什麼。但是能飛一定是件很棒、很**輕盈**的事。真可惜我們沒辦法。」

「我有時候會在腦海裡飛。」提娜說：「但是我們沒辦法在外頭這樣做。」

不過，他們還是嘗試了一下，畢竟沒試過你怎麼

知道。他們爬上椅子，大力揮動手臂，然後「砰」一聲摔到地板上。

他們再次坐下。

坐著還真是容易啊！

「華倫，你知道我在想什麼嗎？」提娜突然說。「鳥鳥沒有手臂，也沒有手掌。這表示，她永遠都不會彈鋼琴。但是我們可以，如果我們知道怎麼做。」

「你覺得哪個比較令人開心？」華倫說：「彈鋼琴，還是飛？」

「兩個都很不錯。」提娜說：「尤其是，如果你馬上就可以這麼做，不用先學會怎麼做。」

然後他們仔細想了想有哪些事情，如果你不用學就知道怎麼做，那會有多棒。想像一下，有一天你早上起來，就發現，嘿，我會做這件事了。然後對彼此說：「你看，我突然會了什麼！」

「我會同時說十種語言！」

eet smakelijk!
شهية طيبة
ПРИЯТНОГО АППЕТИТА
AFIYET OLSUN!
dobar tek!
Bon apetit!
selamat makan
請慢用
¡que aproveche!
bon appetit!

「我可以跑一整天，都不會累，也不會跌倒！」

「我可以同時演奏五種樂器！」

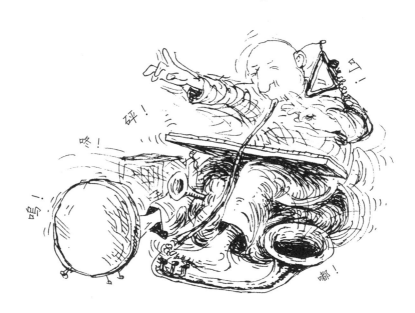

「我口好渴。」華倫突然說。

「我去泡茶。」提娜說，隨即去了廚房。

鳥鳥走到椅子旁邊，看著華倫。她的臉脹得通紅，翅膀上下拍動。

然後說了一個以前沒說過的字。「嘩—嘩！」

6

「妳剛剛聽到了嗎？」華倫對廚房喊：「她剛剛說嗶—嗶！這表示她真的是隻鳥。」

提娜趕緊跑回房間。

「她說『嗶—嗶』？『嗶—嗶』？喔，表示她想說『爸爸』。你剛剛說了這個字嗎？她是不是在學你？她說了『爸爸』！」

鳥鳥坐在地上。她的臉再度脹紅。提娜和華倫聚精會神的看著。鳥鳥身上正在發生一些事。一個充滿字母的氣球馬上就要爆炸了。這團空氣會形成一個字。

就要來了。他們緊張的等待。是的，它來了。

「咪—咪！」

「你聽到了嗎？」提娜大叫：「她剛剛說『媽媽』！她只是還不能發出『啊』的音。」

鳥鳥重複這兩個字。

「嗶—嗶！咪—咪！」

說了一整天。

而這件事變得越來越容易了。

「嗶—嗶。咪—咪。嗶—嗶。咪—咪。嗶—嗶。
咪—咪。咿普。」

兩天後，在星期四的一點十五分，提娜一個人在
家陪鳥鳥，風呼呼的吹，這時鳥鳥突然出人意料的說
了一個句子：「威想吃呼咿生醬三明治。」

「妳說什麼？」提娜問。

「威想吃呼咿生醬三明治。」

「我懂了，我懂了！」提娜大叫，她的聲音甚至
蓋過了風聲。她衝進廚房，做了一份三明治，上面塗
滿了厚厚一層花生醬。

她因此把花生醬塗到了廚房的柏子和手指上。她
大力舔掉奶油刀上的花生醬，把自己的臉都弄得黏呼
呼的，而且還是褐色的。

她試圖保持鎮定，把三明治切成小塊，一口一口
餵鳥鳥吃。

「妳會說話。」她說：「這真是太棒了！雖然妳講
話依然像個小嬰兒，因為妳沒辦法發出所有的音。妳
不是要說『威想吃呼咿生醬三明治』，而是要說『我
想吃花生醬三明治。』妳還沒辦法發『啊』的音。試

34

試看說『啊─』。」

「咿。」鳥鳥說：「咿。」

「不是，是『啊』。」提娜說：「啊──。」

「咿。」鳥鳥說。

「那試試看說『哎』。哎──。」

「咿。」鳥鳥說。

「那試試看說『喔。』喔──。」

「咿。」鳥鳥說。

「試試看說『嗚。』嗚──。」

「嗚。」鳥鳥說。

「好棒！」提娜大叫：「這樣好多了。那現在試試看說『啊』？」

鳥鳥什麼都沒說。

「妳可以說自己的名字嗎？」提娜問。

鳥鳥什麼都沒說。

「試試看，只要試一次就好。鳥鳥，鳥鳥，鳥

鳥。快說，不然就沒有花生醬三明治囉。」

「ㄋㄧ……ㄋㄧ……妮妮。」

那天晚上，華倫回到家，帶著他的鳥類圖鑑和望遠鏡。

「我們練習了很久。」提娜說：「但是她沒辦法發出『哎』和『啊』的音，也沒辦法說『凹』。她沒辦法說自己的名字，這樣不行，華倫。因為如果你沒辦法說自己的名字，就不知道你是誰。她說『妮妮』，而不是『鳥鳥』，所以，我想我們最好叫她『妮妮』。」

「好啊，為什麼不。」華倫說：「我們就叫她妮妮。」

從此以後，鳥鳥的名字就是妮妮。

7

　　華倫和提娜在餐桌旁喝湯。湯裡有字母造型的麵條。他們會撈出字母，然後拼成字。當他們拼出一個字，他們就把字吃掉。

　　提娜撈出了「拿」、「樹林」和「對」。華倫撈出了「迷失」、「獸醫」和「親吻」。他還意外的撈出了「fon」，這個字沒有任何意義，但還是很好吃。

　　「華倫？」提娜突然說。

　　「嗯？」華倫說。

　　「我們的妮妮有語言障礙。」

　　「很多人都有。」華倫說：「很多人沒辦法說『r』，另一些人沒辦法說『s』。但這些人一點問題都沒有。」

　　「但是她也沒有手。沒有手，又有語言障礙，這樣子的人生，未來會過得很辛苦吧？」

　　「你不用擔心一隻鳥的未來，對吧？」

　　「但她不是鳥！鳥不會說：『威想吃呼咿生醬三明

37

治。』鳥就是不會！她以後會變怎麼樣，華倫？我們不知道她是什麼。她永遠不會知道自己從哪裡來。她甚至沒有手，**而且**她有語言障礙。」

「但是她有翅膀啊，不是嗎？」華倫說。

突如其來的，提娜開始哭，淚水滴到她的湯裡。她的眼淚讓湯起了一個又一個小小的漣漪。每個漣漪看起來都像字母「o」。

「你就不能找到一個正常的孩子嗎？」她說：「一個有手的孩子，就像我一樣。一個每個人看了都會驚嘆的說『看啊，她好像妳』的孩子。你為什麼不能找到一個像這樣的孩子？有翅膀到底有什麼用？」

「有翅膀可以做很多事啊。」華倫安慰提娜。「飛在高空，你可以做很多事。比如運送航空郵件，或是注意觀察某個東西。」

「什麼東西？」

「我不是很清楚。我只知道，有很多事你要在高空才能做，然後因為有翅膀，可以輕而易舉做到這些事。」

「真的？」

「真的。妮妮有別人都沒有的東西。」

「Fof。」提娜說。

「什麼？」

「Fof。我要吃掉Fof這個字。」

接著她閉上嘴，吃了這個字。

8

　　華倫又出去看鳥了，看看天空中的鳥類是不是和他圖鑑中描述的一樣。好多年以前，提娜也會和他去看鳥。有一次——只有一次——華倫讓她拿了一下望遠鏡，但從來沒讓她碰圖鑑。

　　提娜和妮妮待在家裡。她早就忘了，妮妮沒來之前的生活是什麼樣子。這些日子，她總是忙著照顧妮妮。她教她說簡單的句子，這樣可以掩飾她的語言障礙。比如說：

　　「一隻蜜蜂嗡嗡嗡。」

這裡 ━━▶

或是：「一些人在一起看一些東西。」

提娜試著訓練妮妮上廁所，但是妮妮不想練習。
她寧可在花園上廁所。所以提娜和華倫得打開窗戶，
這樣妮妮才能在需要的時候飛出去。

提娜教妮妮餐桌禮儀。

妮妮用兩隻翅膀夾住湯匙，但是湯匙掉到了地上。

妮妮用腳趾夾住湯匙，但是沒辦法把湯匙放到嘴
巴。

於是，提娜製作了一個特別長的湯匙。在費盡千辛萬苦後，妮妮終於靠自己吃到了幾口食物。

「咿普，咪—咪，咿普！」妮妮說，她飛到了碗櫃上，從上往下看。

「回來。」提娜說：「妳還沒吃完，所以還不能離開餐桌。」

「咿克。」妮妮說。

「回來。」提娜說。

「咿斯。」妮妮說。

「喔妳這孩子！馬上就下來。妳在上面，我在下面，這樣我們沒辦法好好溝通。」

妮妮飛了下來。

「好啦，現在回桌子上吃飯。」提娜鼓勵她。

但是妮妮開始在地上爬來爬去找東西，她三不五時彎下身，然後「咕嘟」一聲吃掉她找到的東西。比如一隻本來打算進食的小蜘蛛，或是一隻迷路的蠼螋[1]。

「我的老天，妳在幹嘛？」提娜哀嚎。

「咿拇，咿拇。」妮妮說。

1　一種昆蟲，長得有點像隱翅蟲。

「吐出來，妳不能吃地上的東西，快吐掉。」
但是妮妮已經把蟲子吞下肚了。
她覺得牠們很美味。

9

華倫那天像平常一樣很晚回來。今天他看到很多鳥，還有很多其他事物，比如風箏、模型機，還有花粉。尤其是花粉。

「我今天很忙。」華倫說。

「我也是。」提娜說：「我教妮妮用刀叉吃飯。嗯，正確來說是湯匙，我弄給你看。」

她拿了一個盤子走出去。幾分鐘後她回來了，盤子上有幾條蚯蚓，還有一隻蜘蛛當裝飾。

「她喜歡吃這些，比花生醬還喜歡。」提娜說：「一開始我覺得這好噁心，但你必須理解她嘛，所以我試著理解。話說回來，我們也吃牛臀肉、雞翅、蝸牛和那一類的東西。」

她讓妮妮坐在桌前，緊緊抓住她，然後拿出長湯匙，塞到她的腳趾間，再把一隻蚯蚓放上去。妮妮用湯匙吃蚯蚓。但是當提娜放開手，她就把頭埋到盤子裡，直接用吸食的。

「她**做得到**。」提娜說。

「但是聽著，提娜。」華倫說：「如果妮妮這樣吃東西，她的腳就會一直放在桌上。如果她一直這麼做，我們要怎麼帶她去一間好餐廳？她也不能老是把頭埋在盤子裡啊。」

確實。人們吃飯的時候，都會挺直腰桿、坐姿端正。即使你也可以用其他方式吃東西。

比如邊跑邊吃。

或是吃得杯盤狼藉。

或是懶洋洋的吃。

或是吃得笨手笨腳。

　　「等一下，」華倫說：「我去做一個裝置，這樣她就可以坐得像個人，但是依然吃得像隻鳥。」

　　華倫馬上去他的小倉庫。接下來兩個小時，他都在忙東忙西。他不准提娜去看他在那裡做什麼。她也

不能去問他做完了沒，雖然她已經想把煮好的湯放上桌了。

　　當華倫回來時，他很以自己為傲。他做了一個風力投食機。事實上，他用的字眼是「建構」。因為「**建構**」聽起來比「做」更令人印象深刻。他敢肯定，這是世界上第一個用風力發動的投食機，雖然他只去過兩個外國。

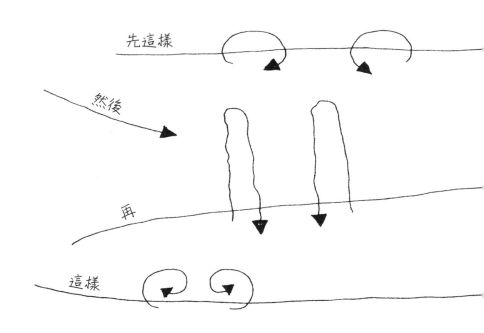

他們馬上就來測試。妮妮必須拍翅膀，但不能飛起來，這樣才能製造夠強的風。而風會讓這個新發明開始運作：

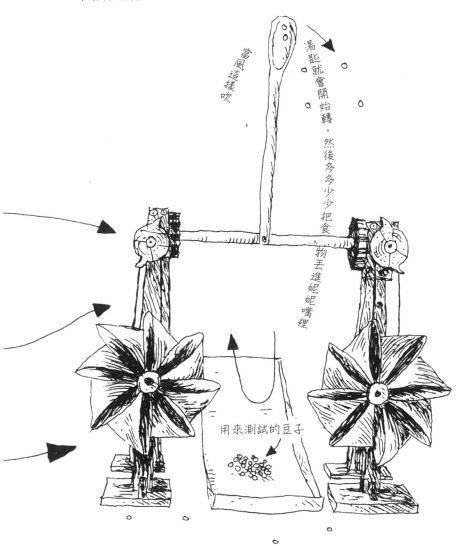

風這樣吹

湯匙就會開始轉，然後多多少少把食物丟進妮妮嘴裡

用來測試的豆子

妮妮要很用力拍翅膀，才能讓機器運作，有時候她會忘記把頭擺正。

　　但是另一方面，要製造出這麼強的風，妮妮的翅膀也要變得強壯有力。最後，她的翅膀強壯到令人驕傲。

10

　「來。」提娜有一天對妮妮說：「我們進城一趟
吧？妳現在已經走得很好了。我買了一雙漂亮的紅鞋
子給妳，我也給妳做了一件新的、天藍色的披風。但
是記得，不要拍翅膀。」

　她拿來了新披風，披到妮妮肩膀上。她拿出了新
鞋子，讓妮妮穿上。

　「妳看起來棒呆了。」提娜說。

　提娜一路上都對妮妮的鞋子感到讚嘆無比。直到
她們進了城，她也忍不住一直看著它們，看那可愛的
紅色隨著妮妮的步伐不斷擺盪。

　提娜一直抓著妮妮的披風。你看不出妮妮沒有
手。她看起來就像其他小女孩，跟著媽媽，穿著一雙
紅鞋子。

　她們沒有遇到任何認識她們的人。正因如此，沒
有人跟她們說「**早安**」或「**看看誰來了**」。但另一方
面，她們在商店櫥窗上看到很多友善的招呼，像是：

「歡迎。」「謝謝。」「請再次光臨。」

　　她們閒逛著走過許多櫥窗。三不五時，提娜會停下來看櫥窗裡的東西。她會用眼睛挑選最貴的、最可口的物品，但她什麼都不買。

　　妮妮的鞋子開始讓她的腳很痛。她走得越來越慢。過了好一會兒，提娜才注意到問題出在哪裡。

「我們休息一下。」發現問題後，提娜這麼建議。

她們走進一家大咖啡店，在一張桌子前坐了下來。提娜給自己點了一杯茶，喝起來有原始森林的味道。碟子上放了一塊巧克力，已經融化了。妮妮喝的是一杯檸檬汁，有放吸管，這樣她不用手也可以喝。

咖啡店的牆壁和天花板是一大片風景畫。坐在裡面，就像是在外面野餐。在她們頭頂是一大片天空，天花板還有胖胖的、光溜溜的小天使。這些小天使彷彿撐起了天空，這樣它就不會掉下來砸到客人頭上。天空也畫滿了星星，所以它看起來既像白天，又像晚上。

妮妮的雙眼一直盯著天花板不放。她變得很激動。

「ㄈㄧ，」她說：「ㄈㄧ。」她不安的開始拍動翅膀。

「不要拍，不要拍。」提娜小聲說。「如果有人注意到妳有翅膀，妳就再也不能來這裡喝檸檬汁了。」

但是妮妮沒辦法停止拍動翅膀。

現在提娜也緊張了。她開始覺得大家都在看她，大家都會看到藏在披風底下的翅膀，然後他們會走過來跟她說：「不用再遮遮掩掩了。我們都看到了。我

們要把她帶給警察，或是動物園。」或是其他類似的話，不管怎樣，都很令人沮喪。

「妳怎麼了？」提娜對妮妮說：「妳想要尿尿嗎？來吧。妳在這裡不能用花園，這一次妳得用真正的廁所。」

她拉著妮妮的披風，帶她去洗手間。在標著「女廁」的門後，有個掛著鏡子的小房間，而在那後面，則是廁所。還好現在這裡沒人，所以妮妮可以伸展一下翅膀。

「現在去尿尿吧。」提娜說。她協助妮妮坐上馬桶，站在外面擋住門，因為妮妮不能自己上鎖。

一位女士走了進來。

「妳在排隊嗎？」她問。

「差不多。」提娜說。

「妳知道嗎？」女士說：「我總是在我需要上廁所之前就去排隊。因為當妳真的很急，妳常常必須等待。所以我寧可先去排隊，這樣我需要上廁所的時候就不用等。妳怎麼看？」

「我從來沒這麼想過。」提娜說：「當我想上廁所的時候，我就去上廁所。」

「這樣講也沒錯。」女士說：「但這有點麻煩，不

是嗎？每天都要花時間進食，然後再花時間把它們排出。嗯，幸好我們還有很多時間做其他的事。不是嗎？想想看，很多動物一整天都在做這個，什麼別的都不做。」

那位女士臉頰上有一顆痘痘。她十分仔細的照鏡子，想看清楚痘痘，還把嘴巴歪一邊，這樣她才能看清楚痘痘。現在，她的歪嘴比痘痘更引人注意。

「現在我真的要上廁所了。」女士說：「她還沒好嗎？」

提娜轉身檢查妮妮好了沒。

她透過門縫看了一下。

然後把門猛的打開。

她看見了馬桶。

她看見馬桶蓋是蓋上的。

她看見兩隻紅鞋子，一隻在另一隻旁邊，就放在馬桶蓋上。

她看見在這一切的上方，有一扇打開的窗戶。那個開口對一個大人來說太小，但對一個瘦小的人來說，綽綽有餘。

在窗外，是藍色的天空。

一片很大、很空的藍色天空。

這片藍色天空也太大、太空了。

「妮妮！」提娜大叫。「不要飛走！我不想要妳飛走！」

但是太遲了。妮妮已經聽不到她了。

11

　　那天晚上，華倫賞鳥回家，他一進門就大喊：「提娜！我今天看到一隻像妮妮的鳥。所以**還有一隻**像她的鳥，就像天空一樣藍！」

　　當他看到提娜坐在那邊動也不動，他就住了口。她看起來垂頭喪氣、臉色蒼白，眼睛是紅色的，就像地上的小紅鞋一樣紅。

　　「一樣藍……」他結結巴巴的說：「那是……？但是……？怎麼會……？或者不是……？」

　　「是。」提娜吸了一下鼻子。「你猜對了。」

　　他拉了一張椅子坐在她旁邊。他們互相擁抱。

　　「喔，華倫。」提娜說。

　　「喔，提娜。」華倫說。

　　「我什麼都不能做。」提娜抽泣。

　　「你沒辦法阻止鳥飛走。」華倫說：「鳥就是這樣。有一天，牠們會飛走。」

　　「但是這太快了。她甚至不知道怎麼做白煮蛋，

而且我還想教她唱好多歌。」

華倫做的投食機矗立在餐桌旁，看起來很多餘。那原本是多棒的發明啊。

一隻美味可口的蜘蛛正爬過天花板。

「妳覺得，如果我從來沒把她帶回家，會不會比較好？」華倫問。

「你當然應該把她帶回家。要不然，我就永遠不會知道，我缺少了什麼。我一直在想，我缺少了什麼？現在我知道了。」

她撿起一根地上的羽毛。

「她翅膀內側的羽毛很軟，你知道嗎？」提娜問。

「是的。」華倫說：「它們很軟，很可愛。」

「而且她已經會說那麼多話了。」

「是啊，很多。」

「嗯。」

「啊。」

他們默默無語了一陣子。最後華倫說：「如果我們也有翅膀，就可以跟她走。」

但是大部分試圖製作翅膀的人，都跌回地上了。他們的翅膀是手工製的，而且不能飛。

12

在好遠好遠的地方，妮妮在空中翱翔，而且沒有穿鞋。從地上看，她就像是一隻猛禽。猛禽是保育類動物。人們不會去打擾牠們。

妮妮在下方看到一大片森林，如此茂密，彷彿從來沒有人進去過。她看到湖泊，裡面有人在開船。這些人從一個湖岸開到另一個湖岸，然後又開回來，沒

有撞到彼此，也沒有特定的目的地。她看到好多好多人，像是一個個小點，從那麼高的地方，她無法判斷他們是男是女。

　　妮妮飛得很好。看起來就像在天空中游泳，一下子游蛙式，一下子游仰式。

　　然後她看到底下的城市，看到了屋頂和煙囪，看到公園和樹，看到了教堂的尖頂。

　　她往下滑翔，找到一個可以讓她靠著煙囪休息的屋頂。她左邊的翅膀在痛，就在靠近背部那邊。

　　在平平的屋頂旁邊，有個斜斜的屋頂，上面有一扇打開的天窗。妮妮飛向它。她先在屋頂的排水管上停了一會兒，看看房裡是否有動靜。從窗外往內看，

發現那是個安靜的小房間。房間裡有一張床、一把椅子、一個衣櫃和書櫃。地上有玩具，牆上有許多海報。妮妮飛進去，然後躺在床上。她繼續穿著披風，因為她沒辦法用腳趾頭解開鈕扣。

她馬上就睡著了。小房間的寂靜包覆著她。

妮妮沒注意到有一隻肥肥的、好吃的蒼蠅正爬過天花板。她也沒注意到天慢慢黑了，變得像是豌豆湯加了一點灰色。這時，一個女孩走進房間，把寂靜趕跑。

女孩的名字是羅蒂。她立刻就注意到了她的新訪客。她看到了妮妮的光腳、十個腳趾頭和趾甲，每個趾甲裡都有一點點泥土。

而且新訪客還有翅膀。

羅蒂一點都不驚訝。她一直相信，早晚會有一個特別的客人來找她。她曾經十分努力的祈求，希望有一天當她回家，會發現某個不可思議的人，或是不可思議的東西。

比如像這樣的人。

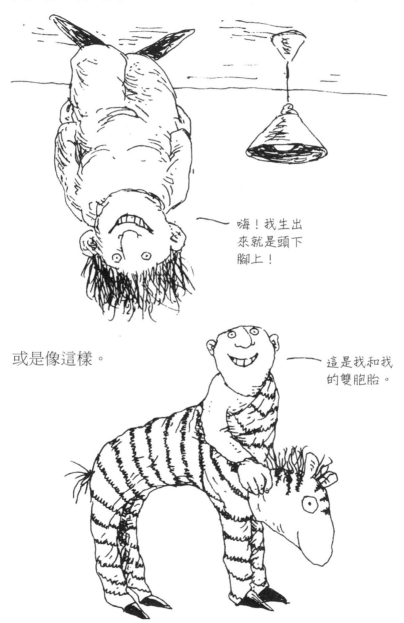

嗨！我生出
來就是頭下
腳上！

或是像這樣。

這是我和我
的雙胞胎。

或是這樣。

我們來玩理髮
遊戲吧。

現在，這件事終於發生了。羅蒂知道，她的願望
實現了。

她摸了摸妮妮的翅膀，想看看它會不會掉下來，
這時候，妮妮醒了。

「嗨。」羅蒂說：「我之前許願，希望妳會來。」

「咿普。」妮妮說。

「妳一定是飛進來的。」

「咪—咪。」妮妮說。

「我就知道。」羅蒂說:「妳的翅膀黏得很緊,那很好。如果妳的翅膀掉下來,就會摔下來。」

「嗶—嗶。」

「我希望妳不會馬上就走。」羅蒂說:「因為那樣真的很可惜。如果我爸爸看見妳,妳就得離開。我不想要這樣。妳叫什麼名字?」

「妮妮。」妮妮說。

「我是羅蒂。」

羅蒂和她爸爸一起住。他是個很忙碌的人。有時候羅蒂覺得,爸爸好像要負責所有的事。比如確保車子和行人都走在正確的方向、秋天的落葉在冬天來臨之前都已經掃乾淨、防止房屋倒塌。所有的事。他是個一天到晚都在憂心忡忡的男人,這從他的禿頭和皺巴巴的褲子就可以看得出來。他沒有時間接待訪客。

很多時候，他也沒有很多時間陪羅蒂。

　　他會告訴羅蒂：「現在不要煩我，妳對我沒什麼用處。」但其實，羅蒂可以做很多有用的事來幫助他。

比如扮成一棵聖誕樹。

或是當吸塵器，清掃地上的麵包屑。

「妳的翅膀是從哪裡來的？」羅蒂問。

「咿普。」妮妮說。

「八成是從國外。」

羅蒂沒看過她身邊有任何人有翅膀。但是她一點都不驚訝有這樣的人存在。她在電視上看過，有些人可以把男人變成女人，反之亦然。他們可以混種水果，比如桃子和李子，或是莓果加蘋果，所以他們最後會培育出桃李，或是蘋莓。她也知道，你可以把指頭、腳或是一塊皮膚接到任何你想要的地方。她就在電視上看過，有人的手指頭斷了，人們把它們縫回去。因為是特寫，所以她看不出那些指頭究竟是被縫回**哪裡**，應該不是太引人注意的地方。

所以，應該不是縫在頭上。

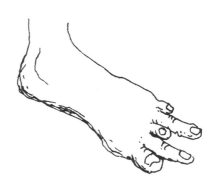

也不是腳上。

妮妮坐直身體，她拍了幾下翅膀，保持平衡。

然後深深吸了一口氣，說：「威想吃呼咿生醬三明治。」

羅蒂看著妮妮。她懂了。

她說：「花生醬吃完了，但我會給妳一些塗巧克力醬的。」

她走下樓，做了兩個三明治，一個給自己，一個給妮妮。她把三明治切成小塊，因為她的訪客沒有手。

妮妮一拿到盤子，就彎下腰，把頭埋進盤子，把三明治塊吸進嘴裡。羅蒂也想這樣做，但是每當她用舌頭捲起一塊三明治，另一塊三明治就會黏在她鼻子上。

「我想留著妳。」羅蒂說。

於是她關上了窗戶。

13

華倫和提娜一起走過家附近的田野。這陣子，華倫出去時，提娜在家感到十分孤單。一個人在家突然變得困難。妮妮**不在**這件事，實在太明顯了。她不在餐桌前，也不在碗櫃上，更不在籃子裡。她不在**任何地方**，這就是為何提娜無法停止去想她的缺席。

這就是為什麼她寧可出去和華倫一起賞鳥。

華倫一點也不介意。他讓提娜拿他的望遠鏡，還有鳥類圖鑑。然而，看天空並不是一個好主意。他們的沮喪比天空還要巨大。

他們決定去城裡。城裡有很多人，很多他們不認識的人，他們不用跟這些人說話。但是和一群人在一起，總比自己孤孤單單，什麼都沒有來得好。而且在城裡，他們可以買一些甜食來吃。甜食很療癒。當然，摸摸頭也很療癒。也許把甜食抹到頭上，會有雙倍的療癒感，但是人們通常不會這麼做。

不要動。

當他們來到城裡，去了一家咖啡店，那裡有軟綿綿的沙發和暖心的桌布。他們慢慢的、仔細的讀菜單。如果你選了某個東西，之後反悔，但是已經來不及改，整件事就沒這麼療癒了。

他們各自要了一大塊卡士達脆餅。令人開心的、黃色的卡士達醬很容易入喉。他們也都點了一杯咖啡，上面有一團鮮奶油。

現在他們有很多事可忙。你必須讓方塊蛋糕待在叉子上，確保它不會散掉，然後你還要小心翼翼，讓卡士達醬不要流出來。你要避免讓鮮奶油沾到嘴上，讓你看起來像是長了白鬍子。你還要用潮溼的手指把脆餅碎屑撿起來，再用牙齒把它們咬成更小塊。

「華倫。」提娜說。

「我在聽。」華倫說。

「我了解她必須飛走，因為那是一種發自內心深

處的感覺，但是她難道不能說『再見』或『下次見』嗎？或是類似這樣的句子：『哉間。』『西次間。』」

「是沒錯。」華倫說：「但是鳥可能不知道牠們要說這些。」

「但是我教過她，我們會說『再見』、『開動』、『你好嗎』、『不好意思』。如果她真的得飛走，我沒辦法阻止她。但我真的很想告訴她：『再見，如果妳必須走，就去吧』，然後我會讓她走。我真的很想這麼做。這就像是在一句話說完後，放一個句點。如果有句點，你就可以開始一個新的句子。但是如果沒有，句子就沒說完，然後你就不確定……你就必須一直……然後你覺得……你知道我在說什麼嗎？」

「她已經不在這裡了，提娜。」

「我們不能去找她嗎？只是為了跟她說『一路順風』或『有時候回來看看我們』。」

「要怎麼找？從哪裡開始找？」

「我們可以問人啊。有人可能會知道，當有人飛走時，他們會飛往哪裡……我讀過，你在城市裡可以得到各種消息。他們說，關於每件事，他們都知道，他們可以從任何地方獲得答案。比如說，如果答案要去中國找，他們可以從中國得到答案，有你想都想不

到的大量資訊，等著被發現。他們可以幫助我們，對吧？」

「沒錯。但是我們就要解釋翅膀的事。」華倫說：「我們不能再隱瞞。」

「我們可以這樣子問問題：他們會懂我們在說什麼，但是又不完全懂。你了解我的意思嗎？我們一定可以的。我是說，我不是每件事都懂，但我還是懂一些些。」

「嗯，我懂。」但是老實說，華倫根本不懂提娜在說什麼。

提娜用溼溼的手指從盤子上黏起一個東西，把它吃掉。華倫發覺那是一隻小蒼蠅。提娜似乎吃得津津有味。

14

「我出去買一些花生醬。」羅蒂告訴妮妮,「因為妳喜歡。妳留在這裡。我很快就回來。我會把妳照顧得好好的。」

之後羅蒂出門去買花生醬。她想要買最大罐的,裡面有最綿綿滑滑的花生醬,還有真正的花生顆粒。

妮妮一個人待在房裡。她一開始在地上翻找,在床底下找到幾隻蟲,但是牠們身上都沾了厚厚一層灰,而且都不新鮮了。接著她開始飛來飛去,越來越快。她飛去撞屋頂的窗戶,窗戶是鎖上的。她飛去撞門,也是鎖住的。她又飛去撞書架。書架上的書掉了下來。妮妮的小趾頭因為這撞擊流了一點血。由於害怕,她大了一小坨大便在地上。隨後,她覺得很累,於是躺回床上。她左邊的翅膀又在痛,就在靠近背部那邊。

「咿普,咿普,咿普。」她看著外面的雲朵叫。

羅蒂終於帶著兩罐花生醬回來了,它們看起來沒

什麼特別之處。

「妳做了什麼？」羅蒂說。她拿起一張廚房紙巾，擦掉大便，把紙巾丟到垃圾桶。她把書從地上撿起來。有些書是羅蒂的寫字作業簿。裡面有很多「a」和「o」。妮妮無法發出這些音。也許你需要手臂和手掌，才能把這些音發出來。或許這就是為什麼當人們聚在一起聊天時，總是揮舞雙手。

這些是寫得很好的「a」和「o」。

這些是寫得沒那麼好的。

使用這些字母的最好方式，是把它們變成完全不同的新字母，給那些還沒有字母的音使用。很多音都沒有自己的字母。比如有很多口水的音，或是吸空氣的音，或是吐舌頭時發出的音。

羅蒂看了看另一本練習簿。學校說，放假的時候她可以帶這些練習簿回家。

　　在這本練習簿中，她寫了「沙土是一種貧瘠的土」這個句子。那是她在學校學到的，沙土不是好土。但是海邊有很多沙，你可以用沙子堆城堡。沙子沒什麼不好。除了沙堡坍塌時，那時你就會對貧瘠的沙感到遺憾。

　　就在這時，羅蒂聽見爸爸上樓的聲音。

　　「快點。」她小聲說：「躲到我床底下。」

　　她拎起妮妮，把她塞到床底下，就像一個包裹。

　　羅蒂的爸爸走進房間。他很高，非常高，幾乎和天花板一樣高。他從不看床底下有什麼。如果他要那樣做，就要把身子彎得非常低，幾乎對摺。

　　他告訴她，飯已經準備好了，那是火腿起司通心粉，是匆匆忙忙做的。他還說，明天他就要出遠門去辦很多事。他認為，他要去一個星期。這段期間保母會來照顧羅蒂。

　　羅蒂的爸爸出門時，保母就會來照顧羅蒂。她是個很忙的女人，總是在學習新知，讓自己更上一層樓。她會煮速食給羅蒂吃。羅蒂總是可以吃上滿滿一盤。她也可以在電視前邊看邊吃，她爸爸永遠不會允

許她這樣做。她喜歡吃飯配電視，但當電視出現血腥畫面（而且還是特寫），她就會馬上失去食欲。

15

　　第二天，華倫和提娜搭火車到城裡。提娜帶了一個大袋子，裡面有許多可能會派上用場的東西。摺疊雨衣（雖然已經好久都沒下雨了）、摺傘、摺疊遮陽帽。他們都看著窗外的天空。天空很藍，但是那裡沒有妮妮。

　　城裡有很多人。幾乎沒有走路的空間。人們在街上彷彿狩獵似的尋找衣服、香水、音樂和牙膏。華倫和提娜不知道要去哪裡找他們需要的資訊。這些資訊不像貨品，可以在商店的櫥窗裡找到。

　　他們突然在一面玻璃牆前停下。其他人一開始撞上他們，之後就繞道而行。在那玻璃牆後的地上，有一棵巨大的植物，看起來就像是一小片森林。而在那旁邊，有幾個女人坐在電腦後。

　　「服務台。」女人們頭頂的告示這樣說。

　　「提娜，妳看。」華倫說：「服務台。這一定就是你可以問事情，然後獲得解答的地方。」

他們走了進去。女人們都在微笑。地板閃閃發光。

「我可以提供您什麼協助？」一個女人問。她的鼻子也在閃閃發光。

華倫和提娜想要解釋關於妮妮的事，但是同時，他們又不能說太多。他們不知道要怎麼描述一件事，但是又什麼都沒說。

「呃……我們在找……」提娜開始說：「是關於飛走，不說再見。」

女人看著他們，然後說：「如果是關於飛行，我們很多行程有優惠。」

「但是我們需要知道的是，要去哪裡……」

「我可以給您關於我們行程的簡章。」女人提議。她拿出一堆簡章，放在提娜面前。

「您想去哪裡就可以去哪裡。非洲、南美洲、澳洲。您可以在那裡找到許多海灘，每天都可以做日光浴。如果您購買我們的行程，您會得到一條免費的海灘浴巾，還有兩本好用的手冊，上面寫著關於海灘和商店的所有資訊。」

「我們需要的不是這樣的資訊。」華倫試著解釋，「這不是關於這種飛行。」

「那是關於哪一種？」女人問。

「是關於⋯⋯」華倫說：「我們這麼說好了，嗯，是關於，啊，比較像是關於一隻鳥，而不是一架飛機。對，更像一隻鳥。」

「但還是比較像一個人，而不是一隻鳥。」提娜補充。

「我很抱歉，我無法幫助您。」女人盡可能禮貌的說，接著開始看她的指甲。

華倫和提娜走回街上。

「我們沒有解釋得夠清楚。」華倫說。

「我本來以為我可以解釋，但又不真的解釋。」提娜說：「但是當我開始試著這麼做，其他人根本聽不懂我在說什麼。」

「如果他們不知道我們在找什麼，就不知道要怎麼幫助我們。提娜，或許我們先回家比較好，然後希望妮妮有一天會回家看我們。這樣子下去根本沒用。我們必須知道要去哪裡找她。如果她在城裡，有人看到她，她就會上報紙，所有不平凡的事都會上報紙。」

就像有人找到可疑的足跡。

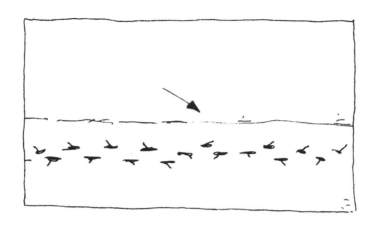

或是有人拍了一張幽浮的照片。

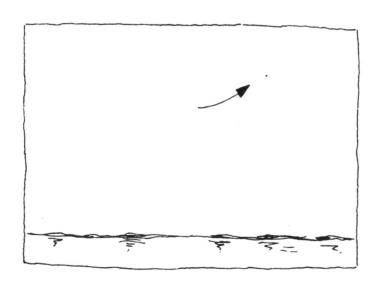

或是有人覺得他們看到一頭怪獸。

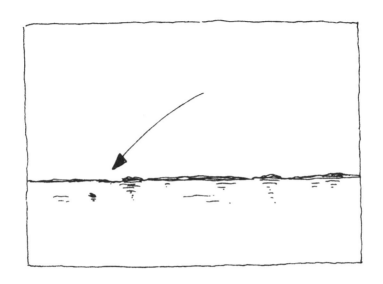

「但是我們還沒有真正開始找，我們怎麼能放棄？」提娜抗議。「我們才剛到城市耶。」

「嗯，我們踏出了第一步。」華倫說：「但妳是對的，現在就讓我們開始認真找吧。」

所以他們堅持下去，穿過那片想要買衣服、香水、音樂、牙膏和日報的人海。

他們繼續嘗試。

16

　　一大早，羅蒂就去公園撿了一大堆樹枝。她拖著樹枝回到臥室。她把床單從床上拿下來，又把整棟屋子所有窗台上的盆栽植物拿出來，放在樹枝旁。這些植物很久沒澆水了，有點枯萎。

　　「我做了一個鳥巢。」她說：「我也想當鳥。這樣我就再也不必去上學了。」

　　妮妮必須坐在鳥巢中。羅蒂也坐了進來。鳥巢很硬，即使放了床單進去，還是刺刺的。羅蒂又爬出來，因為她想起忘了某個東西。蛋。冰箱裡還有幾顆蛋。她小心翼翼的把蛋放進鳥巢。但是當她同樣小心翼翼的爬回鳥巢，卻跌到蛋上，把蛋壓壞了。現在她衣服上有一團黏糊糊的蛋黃蛋白混合物。雖然她試著擦掉它，卻一點用也沒有。

　　突然她聽到有人在爬樓梯。那是她高大的爸爸，穿著厚重的鞋子，用他的大腳踩樓梯。他又上樓了。

　　她拉起妮妮，有點粗魯的把她塞進床底下。

「不要動！」她命令。

「這裡怎麼一團亂！」爸爸一進門，馬上就說。

「這是鳥巢。」羅蒂說。

「妳玩完後，要收拾乾淨，知道嗎？」

「我還要很久才會結束。」

「妳知道我要走了。」爸爸說：「保母七點才會來，所以妳要自己一個人在家幾個小時。妳要親我一下，跟我說再見嗎？」

羅蒂親了親他鬍子扎人的地方。他也親了她三下。他把她抱了起來，這樣她比較容易親到他的臉。

羅蒂警告他，「我還是很不會孵蛋。」

「我的老天爺啊！」爸爸大叫：「這是什麼玩意兒？」

「那是我孵的蛋。」羅蒂說：「在我的鳥巢裡。」

「髒死了！這是我最好的西裝。現在我得清理它。妳為什麼老是做這種事？」

「咿普。」羅蒂說。

羅蒂的爸爸看起來比平常更憂心忡忡了。他試著保持正常，但一點辦法也沒有。

「跟爸爸說再見。」

「咿普。」羅蒂說。

「快點，說再見。我要去一整個星期。」

「咿普！」

「妳就不能好好說再見嗎？」

「咿普。」

「不要就算了。」

她爸爸穿著沉重的鞋子下樓了，一路上低聲說著一些羅蒂聽不太清楚的話。

她回到她的鳥巢，聽到屋子某處傳來水龍頭的聲音。

沒多久，她聽到大門關上的聲音。

「再見。」她大叫，但屋頂的窗戶是關著的。

有一隻鴿子坐在那裡，或許鴿子聽得到她的聲音。

17

鳥不會住在屋子裡。牠們屬於戶外。

羅蒂寫了一封信給保母。

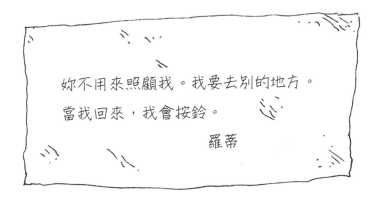

妳不用來照顧我。我要去別的地方。

當我回來，我會按鈴。

　　　　　　　　羅蒂

　　她帶著妮妮一起出門。大門的鑰匙掛在她脖子上，腋下夾著一條毛毯，但是毛毯一直滑下去。妮妮穿著羅蒂的舊鞋子，它們對羅蒂來說太小了，又對妮妮來說太大了。

　　「我們要去一棵真正的樹。」羅蒂說。「我們是真正的鳥。但是我們要像普通人一樣走去那裡，不然我

們會被發現。」

所以她們就像普通人一樣走在路上。沒有人注意到妮妮的披風底下藏著翅膀。妮妮盡量貼著地走路，不然她的鞋子會滑掉。

她們來到公園。在所有普通平凡的樹群之中，有一棵特別突出。這棵樹很老了，枝葉扶疏。它的樹枝就像強壯的手臂，會給你一個安心的擁抱。樹幹和樹枝交錯的地方就像巨人的胳肢窩，這舒適的凹洞空間很足夠，可以讓你坐下來。

「我們到樹上去吧。」羅蒂輕聲說。

「咿普，嗶—嗶，咿普！」

妮妮飛上樹，待在最高的胳肢窩。

羅蒂決定待在比較低的地方。她竭盡所能當一隻鳥，但她看起來不像鳥，反而像個快要掉下來的小女孩。

她用毯子做了一個巢，把自己包進去。

雖然離天黑還有一段時間，但她很快就睡著了。如果她在家，她會說她還不睏，一點都不，為什麼別人會覺得她想睡覺？

但她現在立刻就睡著了。

她夢到爸爸。

　　她夢到要孵一顆蛋。她必須一直坐在蛋上，即使想要離開，去做更好玩的事都不行。孵蛋一點都不好玩。

　　她仔細端詳這顆蛋。那是一顆塑膠蛋，就像驚奇蛋，打開後會有禮物跳出來。

　　你不必孵這種蛋，只要打開它就好。羅蒂看到爸爸就坐在蛋裡面。他就是那個驚奇，很小很小。

　　「我好冷。」他說。

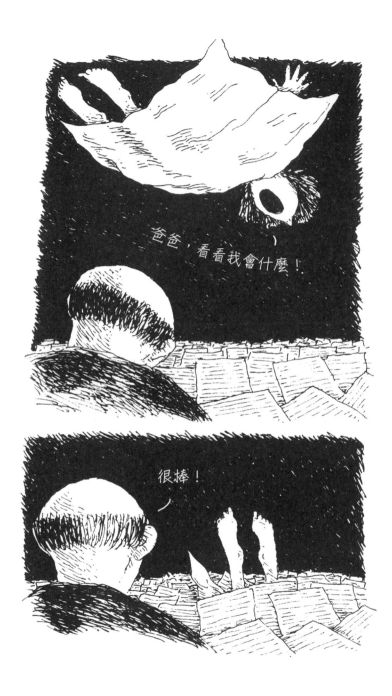

羅蒂用毯子包住他，但他在毯子的皺褶中消失了，再也找不到。

　　「爸爸。」她呼喚：「爸爸，我還沒跟你說再見！」

18

　　華倫和提娜花了一整個下午在許多辦公室之間奔波。他們蒐集到了超級多資訊。他們知道公車何時進站、離站。他們知道電影院現在在演什麼。他們知道換錢的匯率。他們知道飛往非洲的班機時刻表。他們知道接下來的天氣會如何。他們知道世界上有哪些戰爭還在持續。他們知道這座城市是何時成為一座城市。他們知道哪些名人正在慶祝生日。他們也知道這些名人大概住在哪裡。除此之外，他們還知道很多其他事。但是他們依然不知道妮妮去了哪裡。

　　現在是晚上了，回家已經太遲，所以他們決定找一間便宜的旅館住宿。

　　他們在街上走來走去，希望能找到一間旅館。這些街道很安靜。他們只要看到旅館的標誌，就會走進去問。

　　「還有空房間嗎？」

　　答案都是：「沒有。」所有的房間都被比他們早

來一步的人訂走了。

　　「我真不敢相信這裡一個房間都沒有。」在試了十家旅館後，提娜說：「你有沒有看到大廳那邊有一張不錯的長椅？那裡空間很夠。」

　　他們第十一次問了同樣的問題。他們問櫃台他們可不可以睡在大廳的長椅上，答案當然是不可以。

　　「一定在某處**有**一張空床。」提娜嘟嚷，「或是某個我們可以躺下的空位。」

　　但她知道，這樣想一點幫助也沒有。

　　他們沒辦法待在任何一間旅館。

「不要再翻來覆去了！

你才翻來覆去！

　　如果他們可以去某個服務台問就好了，問問城市裡是否還有空床。

他們沒在他們去過的地方問這個問題，現在這些地方都關門了。

天色慢慢變暗。

「我們去戶外睡吧。」華倫說：「沒有其他選擇了。今天晚上還滿溫暖的，我們可以應付過去。」

他們開始找睡覺的地方。如果他們在城市裡有認識的人，就可以按門鈴，請人收留他們。「嘿，我們來了！」但他們在這裡什麼人都不認識。

有些房子有花園，有些房子的花圃就像床一樣大。但是如果他們睡在這些地方，人們會發現的。躺在那裡，他們看起來會像棄嬰，但因為他們太大了，沒有人會想帶他們回家。

華倫在想，要不要去公園。他們可以在那裡找到一個安靜的角落。

「喔，華倫。」提娜說：「我要睡在草地上嗎？那是一個很大的露天臥室啊。」

但是公園很安靜。在許多平凡普通的樹木之間，有一棵特別突出。這棵樹很老了，枝葉扶疏。它的樹枝就像強壯的手臂，會給你一個安心的擁抱。但是華倫和提娜現在看不清楚，因為太暗了。

在這棵枝葉扶疏、令人安心的樹下，提娜拿出摺

疊雨衣，把它們鋪在草地上。

　　她和華倫擠在一起，互相親吻道晚安。

　　「我突然感覺很寧靜。」提娜輕聲說：「如此寧
靜……這裡感覺很好。便宜的旅館常常有很糟的床，
你會在裡面迷失。這裡很好，也很通風。」

　　她嘆了一口氣，隨即陷入深沉的睡眠。

　　但是華倫醒著。

　　他聽到了他沒聽過的聲音。他想著鳥，並且開始
感到不安。他知道這麼多關於鳥的事，他越是想牠
們，就越睡不著。他在某處讀過，當你睡不著的時
候，如果你一直唸一個讓你平靜的句子，如果你除此
之外什麼都不想，其他想法就無法妨礙你。

　　他知道有一句話，裡面沒有東西在飛，也沒有東
西在拍翅膀。這句話是這樣的：「一隻慢慢散步的鼻

涕蟲在鬆鬆的生菜上睡著。」

他不斷重複這個句子。慢慢散步的鼻涕蟲在鬆鬆的生菜上睡著。慢慢散步的鼻涕蟲在鬆鬆的生菜上睡著。慢慢散步的鼻涕蟲在鬆鬆的生菜上睡著。慢慢散步的鼻涕蟲在鬆鬆的生菜上睡著。慢慢散步的鼻涕蟲在鬆鬆的生菜上睡著。慢慢散步的鼻涕蟲在鬆鬆的生菜上睡著。慢慢散步的鼻涕蟲在鬆鬆的生菜上睡著。一隻慢慢。鼻涕蟲。睡……著。在。鬆鬆的。菜。

一隻。慢。鼻。掃。睡吵。賽……

一嘶。嘶在嘶……鼻嘶蟲……嘶嘶嘶嘶嘶嘶……嘶嘶嘶嘶嘶……

……

（真的有效。）

19

　　新的一天開始了，大部分的人卻還在睡覺。有些人還活在昨天，他們從咖啡館走出來，昏昏沉沉走回家。有些人已經要開始工作，早早起床去上班。有些人一點都不在乎今天是什麼日子。他們在垃圾桶裡翻找，看看有沒有人丟了什麼可用的東西。

　　羅蒂睡的公園附近就有一個像這樣的垃圾桶。她夢到了爸爸。他很小，藏在毛毯某處。「我要窒息了！我不能呼吸！」他大叫。羅蒂奮力踢開毛毯，好拯救她爸爸。毛毯從她身上滑落，掉到地上。

　　華倫睡在提娜身旁，他倆都睡在樹下。華倫夢到各種事物從天空飛過：床、公車、報紙、慢慢爬的蝸牛和一大堆鬆軟的生菜。這些東西怎麼可能都停在空中？他覺得很疑惑。它們不是應該要掉下來嗎？

　　突然，它們真的一起掉下來了，全部掉到他身上。

　　「啊！」他大叫，立刻醒了過來。

　　但是他身上只有一條毛毯。一開始，這看起來沒

什麼好奇怪。但是接著他想起他在哪裡。這裡不該有任何毛毯，只有草地、晨露和冰冷的土地。

提娜也醒了。

「一條毛毯掉到我身上。」華倫嘟囔。

「我腰痠背痛。」提娜也嘟囔。「我全身的肌肉都在痛，我不知道有多少條，但是每一條肌肉都在痛。」

羅蒂也醒了。她聽到有聲音從樹下傳來，但不敢往下看。

「誰在上面？」華倫大喊。

他的聲音聽起來並不可怕。羅蒂大著膽子往下瞄了一眼。

「你們是誰？」她小心翼翼地問。

「我們是兩個人。」

「喔，我也是人。」

「妳在上面做什麼？」華倫問。

「我想當一隻鳥。但是我的鳥巢太硬了。你們呢？你們在做什麼？」

「我們在找……某個人。」

「什麼樣的人？」

「那是祕密。」提娜說：「但是如果我們一直保密，就沒有人能幫助我們。」

「我很會保密。」羅蒂說:「我至少有十個祕密。」她從樹上跳下來。

「如果妳答應我妳不會告訴任何人,我就會告訴妳這個祕密。但是妳不能跟別人說,好嗎?妳想當一隻鳥,但是我們在談的這個人,身上真的有翅膀。我們還來不及說再見,她就飛走了。」

「喔,我很了解你們的祕密。」羅蒂說:「我身邊也有一個人有翅膀。她就睡在樹頂。她也是個祕密,她是我第十個祕密,卻是我最大的祕密。」

華倫和提娜馬上跳起來。

「我必須看看這個祕密。」華倫說。

他爬上樹,消失在枝葉之間。

「華倫,小心不要摔下來!」提娜關心的提醒。

華倫沒有摔下來。過了一會兒,兩隻鞋子掉了下來。那雙鞋對羅蒂來說太小,對妮妮來說又太大。接著,華倫也跳了下來。

「上面什麼都沒有。」他說。

羅蒂放聲大哭。她是那麼沮喪,什麼話都說不出來,眼淚流個不停,彷彿把以前所有的委屈都一起哭了出來。提娜試著和她聊天,但是她什麼也無法回答,只能說出「咿咿咿咿咿」、「咳咳咳咳咳」、「嗚

嗚嗚嗚嗚」。

　　華倫和提娜慢慢等羅蒂平靜下來。

　　然後他們問了許多事，關於翅膀（不是長在背部，而是本來該有手的地方長著翅膀）、十根腳趾頭、藍色的披風、「嘩—嘩」和「咿普」。他們也問她，她最大的祕密是不是叫妮妮。

　　提娜從她包包中拿出兩隻紅鞋子。

　　「看。」她說：「她真的是我們家的一員。我們在灌木叢下發現了她。」

　　「但她也是我的。」羅蒂說：「我在我床上發現了她。」

　　兩雙鞋子在草地上排排站。

　　「也許她還在附近。」華倫說。

　　「我還沒跟她說再見。」羅蒂說。

　　「我們也沒有。這就是為什麼我們在找她。因為如果你說了再見，就會感覺好一點。」

　　「我可以幫忙找嗎？」羅蒂問。

　　「可以啊。」華倫說：「只是我們不知道要去哪裡找。這是最大的問題：我們甚至不知道要從哪裡開始找。」

20

妮妮沒有飛遠。她正坐在附近屋頂的雨水槽上。裡面有水，還有好吃的昆蟲，以及被人丟棄的麵包。

妮妮彎下身，開始吸食她的早餐。她的臉和披風都變得溼答答的。

之後她舒舒服服坐回原來的位置，兩條腿懸在屋簷。

她看著太陽從一排排房屋上方升起，陽光會把她烤乾。在她腳下，一切都還沉睡在陰影之中。

當太陽越來越高，人們起床去工作。就像平常一樣，今天也有很多事要做。

越來越多人走到街上，就在妮妮的雙腳下方。街上熙熙攘攘，每個人都行色匆匆。

不過，偶爾會有些人停下來，抬頭往上看。之後越來越多人這麼做。事情就是這樣：如果某個人瞪著上面，另一個人就會覺得上面一定有好看的東西，於是他也會往上看。接著第三個人、第四個人、第五個人也都會跟著這麼做。在你注意到之前，全世界都在往上看了，而且他們都希望上面真的有好看的東西，不然這樣太浪費時間了。

有些人認為，他們可以看到兩條腿掛在屋簷。他們十分肯定，那裡坐著一個人，正準備跳下來，這樣他就可以不用再感受到自己活著（這和那些為了**更強烈**感受到自己活著所以才跳的人不同）。

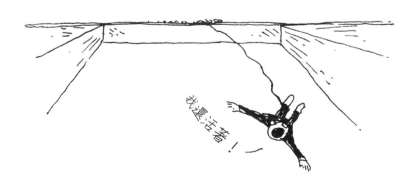

也有些人說，那不是兩條腿。根據這些人的說法，這兩條腿其實是兩塊在空中飄的破布，沒什麼好擔心的。世界就是這樣，人們可以看著完全相同的事物，但是每個人都看到不同的東西。

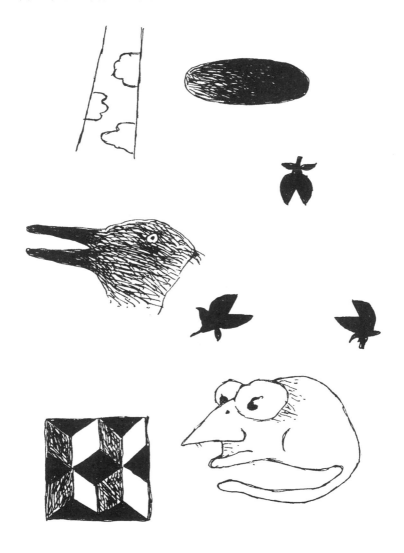

「但是有個小孩坐在上面！」有人大喊。「做點什麼吧！不然那孩子會掉下來的。我們必須救那孩子！」

突然，大家都變得很緊張。每個人都希望別人會做一點什麼。孩子坐著的屋頂是一棟辦公大樓，現在還沒到上班時間，門要三分鐘後才會開，但現在可是分秒必爭啊。有人通知了救援大隊。一輛紅白相間的車子嗚咿嗚咿的開過來了，但是在抵達之前，有人關掉了警鈴，這是為了不要嚇到屋頂上的孩子，否則她搞不好真的會掉下來。

一個男人站出來，用擴音器說：「不要動！不要動！」

妮妮注意到了下面的騷亂。她聽到有人叫：「不要動！不要動！」她本來就沒打算動。她想要在太陽底下烘乾身體，但是如果周圍一片亂糟糟，你也沒辦法好好晒乾自己。

另一個人打開了辦公大樓的門。所有好奇圍觀的群眾都被趕到旁邊的街道。除了救援大隊的隊員，沒有人可以站在雨水槽下方。而可以進入大樓的，只有一個全城最厲害的救援隊員。他搭電梯到頂樓，把頭從屋頂窗戶伸出去，這裡離妮妮還有一段距離。

「保持鎮定。」他緊張的說：「我是來救妳的，生命很美好。」

　　「呼咿生！」妮妮大叫。

　　救援隊員把頭伸回去。他很以自己的救援技巧為榮。他拿了所有需要的東西：一條鮮豔的繩索、一個有隻小手的棍子，還有一個有點難辨認是什麼的東西（但是救援隊員認為這會派上用場）。

　　但是這一切對妮妮來說，都太煩人了。這樣子她沒辦法好好坐著把自己晒乾。

她收起雙腿，站起來飛走，在天空中畫過一條優雅的弧線，飛過屋頂，往南南西飛去。

　　救援隊員深深吸了一口氣，爬進雨水槽。

　　當他抬起頭，看到一幅恐怖的景象。他的雙腿開始顫抖，而在屋頂上這麼做是很危險的。

　　「我遲了一步。」他大叫：「我以前都會及時趕到的，從來沒有遲到過！」

　　他陷入了完完全全的困惑。他站在雨水槽，全身抖個不停。如果不是另外兩個救援隊員跑過來及時救下他，他可能會從屋頂上摔下去。而他本來的任務是來這裡救人的。

21

　　華倫、提娜和羅蒂離開了公園。羅蒂告訴他們，他們可以在她家盥洗、吃早餐。她有鑰匙。

　　玄關地板發出嘎吱嘎吱的聲音。早晨的陽光照在廚房流理台上。

　　保母坐在房間裡。她沒在唸書，而是在看首都早餐電視台。提娜和華倫向她打了招呼。

　　「妳在這裡幹嘛？」羅蒂問。

　　「我在當保母啊。」保母說。

　　「但是我又不在這裡。」羅蒂說。

　　「我的工作就是當保母，這就是我的工作。我在當門、盤子和桌子的保母。」

　　「真的，妳不需要這樣。」羅蒂說：「妳可以離開。我會和這些人一起出門，我會在我爸回來之前回家。」

　　「沒問題。」保母說：「只要他照舊付我一週的薪水就好。祝妳有個美好的一天。」

她站了起來。電視上的某個人正在示範如何揮動你的手臂。

　　華倫和提娜也祝她有個美好的一天。

　　之後他們就去洗澡。羅蒂沒有浪費很多時間洗身體，她不覺得自己很髒，只是隨便潑了一下水，她認為鳥就是那樣洗澡的。

　　接著他們一起吃早餐。家裡沒有蛋了，但是有很多花生醬。

　　提娜煮了咖啡。她和華倫可以邊喝咖啡，邊決定下一步。或許，他們該回家，然後繼續過著原本的日子。

　　煮咖啡的時候，羅蒂給他們看了幾個她的寶物，她會從爸爸那裡繼承到這些東西。

　　他已經答應她，以後這些東西會留給她，雖然他還沒有想要死。

　　她也給他們看她小時候的照片，她已經不記得自己的小時候了。

　　提娜和華倫喝咖啡，羅蒂喝水。他們看電視。因為已經沒有別的話題可以聊了。

　　突然，一個屋頂雨水槽出現在電視上。上面沒有掛著兩條腿。提娜和華倫漫不經心。對他們來說，這

只是一個普通的雨水槽。

「這就是事發現場。」記者說。

攝影機給雨水槽來了個特寫，但光這樣看，你根本不清楚這裡發生過什麼事。

這時一大堆人出現在畫面上，他們正在七嘴八舌。

「我是第一個看到的。」有人說。

「不，我早在你之前就看到了。」另一個人說。

他們在說，屋頂雨水槽外面懸掛著兩條小孩的腿。

提娜和華倫原本正在啜飲咖啡，聽到這句話，他們馬上停止喝咖啡。

攝影機又給人行道來了個特寫。你可以看到地上有一張皺巴巴的發票。

「這裡原本可能是**那孩子**墜樓的地方，」記者說。「如果那孩子有掉下來。但是它沒有掉下來。目擊者指稱，孩子被一隻猛禽叼走了，他們看到藍色的東西飄走。」

「那一定是妮妮！」提娜說：「妮妮還在城裡。」

一棟房子出現在螢幕上，你可以看見那是二十號。屋子前的窗台上有很多盆栽。

記者正站在房屋前。

「救援隊員在裡面。」記者說：「他心情非常沮喪。他不想再從事這份工作了。很不幸，我們甚至不能進去拍攝，雖然整個城市都想知道救援隊員到底看到了什麼。那一定是可怕的一幕。他一定看到了一隻恐怖的猛禽突然出現在屋頂，把他原本要拯救的小可憐抓到空中。這孩子很有可能已經在城外某處被吃掉了。我們會盡可能追蹤，告訴您事件的後續發展。但是現在我們只知道這些。」

攝影機再一次拍攝了緊閉的門、人行道和街道。

「我知道這在哪裡。」羅蒂說：「他們那邊的人行道上有鋪黑色的石板。你不能踩那些石板，它們很危險。」

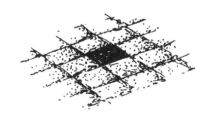

22

　　羅蒂很熟悉救援隊員住的那條街。它就在她去上學的路上。人行道上有三塊黑色的石板，也有一塊白色的，但那不重要。其他的石板是灰色的。

　　羅蒂告訴自己，她不能踩到黑色石板，要不然一扇暗門就會打開，然後她會掉進一個充滿幽靈和怪物的地下室。

　　她就是這樣覺得。

　　這就是為什麼她不喜歡那條街。但她必須走那條路去學校。

　　提娜和華倫想要馬上去拜訪救援隊員。他們必須親自和他聊聊。他們得告訴他，那不是一隻猛禽，而那孩子也不是普通的孩子，而是一個有著翅膀和十根腳趾頭的孩子，她的名字是妮妮。他們得問問救援隊員，他是不是有看到孩子穿著一件寬大的藍色披風，彷彿裡頭藏著東西。

　　有一塊黑色石板就在救援隊員的屋子前面。在那

旁邊站著一個攝影師，正在拍房子。他試圖用望遠鏡頭拍屋子裡面，但整個窗戶都被盆栽遮住。在他照片上出現的只有美麗的、被放大的深紅色花朵，而他去那裡的目的不是為了拍花。

　　華倫等攝影師消失在街角，才去按門鈴。有人透過門上信箱的縫隙窺探他們。

「你們想要什麼？」一個衰老的聲音問。

「我們有件重要的事想要告訴救援隊員。」華倫說。

「他身體不舒服。」

「或許我們可以幫他。」提娜說。

門開了一條縫。一個老男人仔細打量他們。

「你們不是報紙或電視派來的吧？」

「當然不是。」提娜說：「沒人派我們來。」

他讓他們進去。玄關聞起來有杏仁蛋白甜餅的味道。

羅蒂牽起提娜的手。她很害怕地下室。

救援隊員躺在客廳沙發上。他臉色蒼白，狐疑的打量他的三個訪客。

有著大朵玫瑰的窗簾是拉上的。

他的老母親走進房間。

「你們想要喝點咖啡嗎？」她問。

「是的，很樂意。」提娜說：「不加牛奶，加兩顆糖。」

「我也是。」華倫說：「我的要加牛奶，不要糖。」

羅蒂不能喝咖啡，但她可以喝橘子汽水。救援隊員家只有橘子汽水。

「你還好嗎？」華倫問救援隊員。

「糟透了。」他說：「我從來沒在任務中失敗過。現在我感覺以前我的任務彷彿都沒有意義了。我救過你嗎？」

「沒有。但是你救過很多其他人，對吧？」華倫誠懇的說。救援隊員馬上覺得好一點。他開始告訴他們，在這一生中，他曾經救過誰。這包括：

一個不是很會對付熊的馴熊師。

一隻不會游泳的狗。

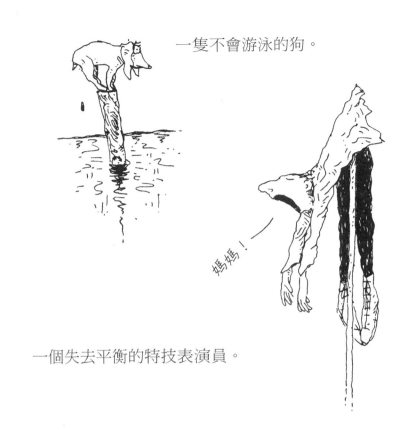

媽媽！

一個失去平衡的特技表演員。

一艘沉船上的六個人。

每說一個故事，他的心情就好了一點。

「是的，我救了他們所有人。」他說：「但是現在……」

他深深嘆了一口氣。

「我完全搞不懂這一切。有個小女孩坐在屋頂的雨水槽上，我正要去救她。我只是往旁邊看了一下，然後她就消失了。但是小女孩沒有摔到地上。我看到有東西飛走。看起來像是一隻大型猛禽。我真的很害怕，那是一隻猛禽，牠會把女孩帶到『木頭森林』那裡去，並且吃掉她。對牠來說，那穿著藍色披風的女孩會是可口的點心。」

「藍色的披風？」提娜說：「那真的是妮妮！」

「你們是她的家人嗎？」救援隊員說。

這時候，救援隊員的老母親回來了。

「這是你們的飲料。」她說：「一杯橘子汽水，一杯不加牛奶加兩顆糖……喔老天，我弄錯了。這一杯有牛奶，但沒有咖啡。」

她拖著腳步走開。

她看起來也很沮喪。

華倫說，他有一件事要告訴救援隊員。這件事他們沒有告訴過別人，除了羅蒂。

救援隊員必須相信他們，但不能和任何人說。

華倫解釋，他如何在灌木叢下找到妮妮，她怎麼和他們一起生活，直到有一天早上她沒有說再見就飛走了。然後羅蒂解釋，她是怎麼在她床上發現妮妮，而妮妮第二次飛走，也沒有說再見。

救援隊員覺得這一切難以置信。他**想要**相信，也試著相信。

他說：「如果這是真的，那真的是奇蹟，是大自然的神奇現象。我想要親眼見證這是不是真的。如果是，那我就會相信。然後我就會安心了。到時候，我就不需要一直擔心，是不是有某個我應該要拯救的孩子在某處被吃掉。」

「我們也想再次見到她。」提娜說：「和她說『一路順風』，還有『路上小心』以及『好好照顧自己』。這就是為什麼我們必須知道她往哪個方向飛。」

「那隻我看見的鳥，」救援隊員說：「飛向了『木頭森林』。如果你們要去那裡，我可以跟你們一起去嗎？我想看看，世界上是不是真的還有奇蹟！」

他從沙發上爬起來，打開窗簾。這時，大家都看到攝影師掛在樹上，他的右腳被卡住了。

「我最好去救他。」救援隊員說。

他衝進後院。首先，他給攝影師拍了張照片。然後把他從樹上救下來，放在花園的圍牆外。

　　「那我們準備動身吧。」他說。然後他請父母過來，告訴他們，他要離開一段時間，去看看世界上是否還有奇蹟。

　　「沒問題，兒子。」他父母說。他們看到他臉上已經再次有了紅潤的色澤。「但是你要小心保重，要帶夠用的乾淨襪子。我們會做很多可口的三明治給你，裡面加很多料。」

　　他們做了很多三明治，也裝了好幾罐橘子汽水。救援隊員拿了四個溫暖的睡袋和枕頭。他把所有東西塞進背包，扛上肩膀。背包裡有這麼多東西，他整個人都彎下了腰。

　　「你們看，他是不是很強壯。」他的父母驕傲的說。

　　他們輕輕吻了他的臉頰三次。在屋子外頭，他們一直向兒子揮手，直到看不到他。羅蒂也一直忙著向他們揮手，甚至沒注意到她不小心踩到一塊黑色的石板。她沒有掉進一個黑暗的地下室。她什麼都沒發現，繼續往前走。這真是奇蹟。

23

　　他們先坐公車到城市邊緣，然後才往「木頭森林」的方向走去。

　　城市不知道自己的盡頭在哪裡。它的邊緣凌亂、凹凸不平。

　　一路上，華倫三不五時透過望遠鏡看天空。他看到許多平常他會看到的珍奇鳥類，還有鬆軟的白雲，也看到了飛往非洲的飛機。有時候他們也會查看灌木叢底下，或是某棵樹上。

　　天空遼闊無比，灌木叢也似乎無邊無際，南南西彷彿沒有盡頭。直到晚上，他們才終於來到森林。

　　太陽下山了，但森林裡還是很暖和。救援隊員拿下背包，他的背整個溼透了。他們坐在一個可容納四人的洞穴裡，拿出三明治。他們把三明治掀開一角，看看裡面有什麼。三明治裡面有厚厚一層巧克力醬，還有一大堆肩胛肉火腿。

　　他們吃掉了一半的三明治。羅蒂告訴他們關於沙土。華倫告訴他們關於鷗鷸和反嘴鷸。救援隊員告訴他們，救人讓他感到多麼療癒，而這感覺在消失之前可以持續很久。提娜唱了一首她媽媽教她的歌，那是一首老歌，歌詞有點老派，這首歌是這樣的：

　　嚇啦啦啦，嚇啦啦啦，
　　貝普美麗的外套有點緊。
　　所有的鈕扣都落下，
　　她走路的時候外套被風吹開。
　　嚇啦啦啦，嚇啦啦啦，
　　貝普，喔，可憐的貝普，
　　她不知道如何是好。

他們一起坐著，直到眼皮沉重。

他們決定輪流在洞穴裡睡覺。華倫會第一個負責守夜，第二個是提娜，最後是救援隊員。只有羅蒂可

是我！宜宜！

是我，提提！

是我！琪琪！

以一覺睡到天亮。

　　他們把床鋪好，對彼此說：「晚安。」「好好睡。」「祝你有個美夢。」華倫則醒著，仔細聆聽森林中的一舉一動。森林搖晃、顫抖、發出沙沙聲。空中的月亮看起來像一顆雞蛋，樹上出現奇怪的面孔。

　　在華倫應該要叫醒提娜之前，他睡著了。在夢中，他依然在森林裡。他一直在想，妮妮要來了。但是來的要不是很像妮妮的人，就是快要是妮妮的人，或是東一點妮妮西一點妮妮，但不是妮妮本人，不是她整個人。

　　突然，他看到真正的妮妮飛向他，高興的跳起來。「我找到妳了！」但是在她身後有一個妮妮，旁邊還有另一個妮妮，然後還有一個，又一個。

　　「哪一個是真的？」華倫大叫：「應該只有一個妮妮，而且是我找到她的！」

　　他醒過來。剛探出頭的太陽正偷偷潛入森林。鳥兒開始清晨的大合唱。

　　「我失去她了。」華倫想。「是我自己失去的。」

　　他爬進洞穴。「那些在你身邊的人，比不在你身邊的人更重要。」他想。他依偎在提娜身邊，然後閉上眼睛。

24

前一天早上，當救援隊員第二次把頭從屋頂窗戶伸出去之前，妮妮就已經飛走了。身邊的一切變得太混亂，她必須飛走。她飛出城，往南南西飛去，飛進「木頭森林」。

她就睡在離華倫一行人五十五棵樹以外的地方，只是他們不知道。如果你不知道某個人在這裡，那麼他離你很近或是很遠，其實都沒差別。

她很早就醒來，在森林上空盤旋，甚至飛過華倫、提娜、羅蒂和救援隊員睡著的洞穴。她沒注意到那個洞。森林裡有太多樹葉和樹，而在這一切下方，才是他們睡覺的洞穴。

妮妮和自己玩鬼抓人。

她閉著眼睛在空中旋轉、翻筋斗。然後飛到森林邊緣，看到田野間有一道細細的光。那是一條清澈的小河，蜿蜒流過鄉間。妮妮降落在小河中間，河水在她腳趾間流淌、打轉。她在河裡待了好久，在裡頭潑

水、玩水，把全身弄得溼溼的。她的藍披風溼透了，
變得很重。披風的鈕扣從扣洞中脫落了，披風從她身
上滑下來，掉進水中，被一顆石頭卡住。現在，穿著
披風的是石頭了。

妮妮沒注意到披風掉了。一整天，她都忙著吃東西、喝水、玩耍，直到天漸漸黑了她才離開。她沿著河流飛翔，注意到下方有一棟建築物。那裡有很多小窗戶，每扇窗戶都是開的。妮妮飛到屋頂上，想看看煙囪附近是否舒服，可以讓她在那裡過夜。

　　她看到建築物的一邊有人在散步，另一邊則空空蕩蕩。她選擇了沒人的那一邊，然後低空飛行，就飛在雨水槽下方。她從窗外看進去一個又一個房間，房間裡也都沒人。她看到一個小房間有床、衣櫃和椅子。裡面沒有人。妮妮飛到床上，躺下休息。床很柔軟，就像夜晚一樣。她從房間裡往外看，天空越來越黑了。一朵小小的、迷路的雲慢悠悠地飄過月亮的臉。

　　偶爾走廊上會有人走過，但是沒人會在晚上走進房間。妮妮在這棟屋子裡給自己找到了一個新巢，而且沒人注意到。清晨，她會飛出去在河裡玩水，吃東西、喝水，讓陽光照在她臉上。傍晚時分，她會回到小房間，安安心心睡上一覺。

25

　　羅蒂是第一個醒來的。她找到了一棵漂亮的樹，在樹下尿尿。很不幸，一隻甲蟲在她的尿中淹死了。她回來的時候，其他人也醒了。

　　「我們沒有守夜。」他們沮喪的說：「全都睡著了。」

　　他們覺得全身痠痛，又很冷。大家都很想念暖呼呼的熱水澡，還要用松香沐浴乳。

　　他們慢慢的吃三明治，節省的喝橘子汽水。

　　他們被大自然包圍。在這麼大的地方，他們怎麼能找到像妮妮這麼小的人？即使這個小人對他們來說是這麼重要。

　　他們同意繼續搜查，爬到每一棵樹的樹頂去看，同時也在地面和天空尋找。這足夠讓他們忙上一整天。

　　他們找到各式各樣的東西：

一個失敗的鳥巢。

一塊奇形怪狀的石頭。

一隻迷路的小狗。

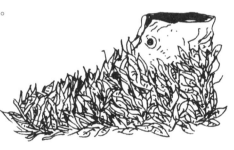

一個長滿草的鞋子。

一小塊報紙告示。

還有一點點柔軟的羽毛。

138

「這可能是妮妮的羽毛。」提娜滿懷希望的說。

再往前一點，他們又找到一些羽毛。

他們在腦中描繪出一條線。這條線從一堆羽毛開始，然後連結到下一堆、下下一堆羽毛……這條線會帶領他們前往無盡的遠方，他們跟隨著那條線前進。

他們在黃昏時分離開森林。

很快來到妮妮游泳了一天的小河。

「我終於可以洗洗身子了！」提娜大叫。

她脫下鞋襪，小心翼翼的走在光滑的石頭上。

「啊，」她愉快的嘆息，「啊……啊……」

突然，她看到不遠處有個藍色的東西。一開始她以為那是一條毛巾，但是那藍色和她為妮妮做的藍色披風一模一樣。

「妮妮。」她大叫：「那裡！妮妮在那邊！」

其他人跑過河岸，提娜則在河裡跌跌撞撞的跑過去。

「等等，等我！」她喊著。

他們以為倒在水中的是妮妮，但發現他們拉著的只是一塊石頭。是石頭穿著披風，不是妮妮。

他們沉默的看著石頭，提娜把披風拿起來，仔細端詳，然後緊緊抱住它。

羅蒂也認出了那件披風。救援隊員看見披風的顏色，馬上就知道，這就是屋頂上的女孩穿的那件。

華倫知道提娜在想什麼。

「這不可能。」他說：「這條小河太淺了，她不可能在這裡淹死。妮妮脫掉披風，因為它很礙手礙腳。」

「但她沒辦法解開鈕扣，不是嗎？」提娜說。

「鈕扣是自己鬆掉的。」華倫說：「這種事很容易發生，如果你穿著披風跳來跳去，鈕扣很有可能自己鬆開。」

「但是如果還有人需要救援怎麼辦？」救援隊員說。他建議他們沿著小河走，看看會不會找到什麼人、什麼東西。

天越來越黑了，雖然還是有月光。月亮看起來憂心忡忡，不過它一直都是那個樣子。

救援隊員很擔心，他是不是會發現一個被吃掉的小孩的骨頭？猛禽不會吃藍色披風，牠可能是在吃掉小孩之前，先把披風扯下來，就像你在吃蘋果前把皮削下來一樣。

提娜想要相信華倫說的，但是其他可怕的思緒不斷干擾她，比如說，一個動物標本剝製師可能綁架了

妮妮，現在正在把木屑填充到她的身體裡，再把標本賣去珍禽異獸博物館。

羅蒂很好奇，妮妮是不是踩到了某顆黑色石頭，掉進了一個可怕的地下室，現在，地下室的可怕生物是不是正在扯下她的翅膀，甚至沒有事先給她打麻醉。

而華倫在想：鳥不喜歡有鈕扣的披風。牠們就是不喜歡。

26

　小河邊有一棟龐大的建築物，上面有著小小的窗戶。它的正門很高，在那之上，你可以讀到一個牌子說：「水邊心旅」。

　「心旅？」提娜說：「那是什麼？」

　「聽起來像是某種旅館。」救援隊員說：「如果是，那我就請你們在這裡住一晚，吃點東西。我們需要休息。」

　門口鋪著一個大大的地墊。

　上面寫著：「**歡迎**。」

　「我們受歡迎呢。」提娜說：「我馬上感覺很好了。」

　他們走進去。

　大廳內，一個年輕女子坐在一張桌子後面。

　「我們可以在這裡過夜嗎？」救援隊員問。

　「當然可以。」女人說：「我們這裡有足夠的食物和很多床。你們為什麼這麼累？」

「我們找人找得很累了，我們很餓，而且很擔心。」

「你們很擔心？」

「是的。」提娜說：「但是我們不能說原因。」

「啊。」女人用和善的聲音說：「所以你們的問題是，你們沒辦法用語言描述。」

「我們可以用語言描述我們的問題。」華倫說：「只要不告訴其他人就好。因為這是我們的祕密。」

「在這裡你們什麼都可以說。」女人說：「沒有任何事會嚇倒我們。」

「嗯，事情是這樣的。」華倫說：「這件披風的主人是個像女孩的生物。但她其實是一隻鳥，因為她沒有手臂，而是有翅膀。我太太十分想要和她道別。我們想要知道，是不是有人見過她。我們想要確認，她一切都好。」

「我明白了。」女人說：「跟我來。」

她帶他們走過一個粉紅色的長廊。那裡掛著很多人的團體照。你可以看出來，照片上的人相處得很愉快。

　　然後他們走過一條黃色的長廊。那裡掛著像是這
樣的圖畫。

　　在藍色長廊，他們遇見一個瘦瘦的男人。
　　「歡迎。」他說，就像門口的墊子說的。「進來休
息室吧，我們談談。」

女人正要回到她的桌子前，這時救援隊員問：「為什麼這個地方叫『水邊心旅』而不是叫『水邊行旅』？你們寫錯字了嗎？」

　　「因為這不是普通的旅館。」女人說：「這是讓人們的心休息的旅館，讓他們感覺好一點。每個在這裡的人都因為某件事而感到心累，就像你們一樣。我們在這裡會幫助他們克服心靈的疲累。」

　　「他們因為什麼事而疲累？」

　　「各種事。」女人說：「比如說，有些人從來都沒辦法說出他們心裡的想法。另一些人很害怕，他們開始做一件事，但永遠都無法完成。還有人無法停止去想某些事，而他們最好不要有那樣的想法。」

　　「什麼樣的想法？」

　　「嗯……比如說……嗯……像是這世上有會飛的女孩，但她們根本不存在。」

27

　　休息室裡的一切都是淺藍色的：桌子、椅子、牆壁、地毯、燈光。十個人坐在這一團藍色中，玩牌或讀報紙。

　　華倫、提娜、羅蒂和救援隊員在一張藍色的桌子前坐下，有人為他們端上湯和麵包。每個盤子裡都有一個小肉丸孤零零的漂在湯裡。羅蒂把她的肉丸留到最後才吃。

　　一個男孩走進房間。他幾乎和羅蒂一樣大，但是身材比較瘦小，留著短髮，身上穿著睡衣。他是來和大家道晚安的。他和房間裡的所有人說晚安，有人回答：「好好睡。」有人說：「記得，現在不要去想怪獸和幽靈了。」其他人則什麼都沒說。他們從來沒和任何人說過晚安。

男孩來到羅蒂身邊。

「晚安。」他說。

羅蒂得先吃完肉丸，然後她才說：「嗨，我叫羅蒂。你叫什麼名字？」

「波爾。」他說，他唸這個字的時候好像在打嗝。

瘦瘦的男人來到他們身邊，把手放在波爾肩膀上。

「帶這個小女孩去你隔壁的房間吧，」他說：「她可以睡在那裡。」

波爾慢吞吞的走過長廊，羅蒂跟在他身後。他穿著一件漂亮的睡衣，上面寫著許多讓人看了就睡不著的字。

「你們為什麼會來這裡？」波爾問。

「來吃東西和睡覺。」羅蒂說。

「嗯，也是啦。但為什麼是這裡？」波爾問。

「就沒有原因。」羅蒂說。

「你們有沒有一直在想一些事，然後這些事是大家說你們不應該一直想的？」波爾問。

「我想很多事。」羅蒂說：「我想的事比我的腦袋所能容納的還大。我可以想像一座和整個國家一樣大的山。或是關於整個世界。我還可以想比這個世界更大、更遠的東西。」

「那真的很遠。」波爾說。

「那你呢？」羅蒂問。

「我會想幽靈和怪物。」波爾說：「我是故意想的。人們說它們不存在，但它們其實存在，因為它們不存在——它們不是用血肉做的，而是用不存在的東西做的。我愛什麼時候想，就什麼時候想。但是有時候我不想要想到它們，也會想。比如，我會想像一個幽靈從排水孔出來。」

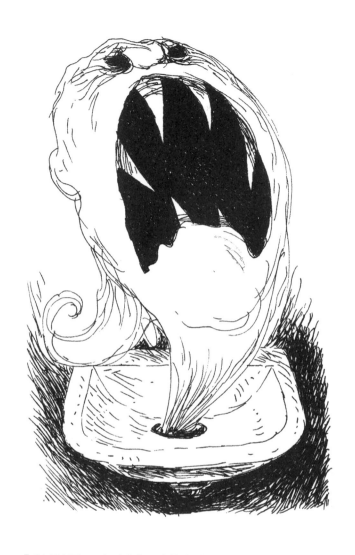

「特別是，如果你用藍色的牙膏，並且把牙膏吐到排水孔，幽靈就會出現。用白色牙膏的時候幽靈應該不會出現。

「或是有時候，你必須去上廁所。你正要坐在馬桶上，一個幽靈就從馬桶裡跑出來，你必須趕快沖水它才會消失。

「或者有時候幽靈就在你床底下。它一開始很小，但是馬上變得很大，你原本好端端的躺在床上，但很快你就被擠到天花板。天亮的時候，幽靈會消失，這時你和你的床就會摔回地上。

　「也有一個幽靈看起來很像窗簾，你以為它是一
個真的窗簾，被風吹得晃來晃去，但其實那是一個幽
靈，正在努力爭取自由。在它旁邊掛著另一個幽靈，
它對第一個幽靈說：『不要再晃來晃去了，我只想安
安靜靜的掛在這裡。』最後風把窗戶『砰』一聲關
上，兩個幽靈都安靜了。

　「如果你晚上聽到有叩叩叩的聲音，那就是『敲敲幽靈』，它被關在暖氣熱水管裡面。它會穿過水管，把塞子推開，跑進房間，不會事先敲門通知你。」

「喔。」羅蒂說：「我從來都不知道這些事。」

「**我也不知道。**」波爾說：「但是這些就是我在想的事。不要告訴別人，因為他們不准我想這些事。妳會答應我嗎？」

「沒問題。」羅蒂說：「我喜歡想，我是一隻鳥，因為我就認識一隻鳥。所以這就是我在想的事，我想著想著，然後我就是一隻鳥了。」

「很好。」波爾說：「現在我知道妳在想什麼了。這是妳的房間。」

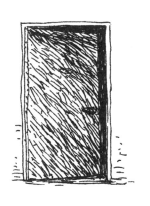

28

在藍色房間裡，瘦瘦的男人在華倫、提娜和救援
隊員旁邊坐下。

「所以，」他說：「你們的晚餐好吃嗎？」

「是的。」救援隊員說：「現在我們要做什麼？」

「現在你們要告訴我，你們想要拋下什麼想法。」

「我有一些想法，但一點都不想拋下它們。」提
娜說：「我想要洗澡，再好好睡一覺。我只想這些
事，其他什麼都不想。這些想法很令人愉快。」

「根據門口那位櫃台服務人員的說法，我們可以
在這裡待一晚。」華倫說：「但我開始覺得我們不屬
於這裡。這不是一般的旅館。」

「所以這就是你們在想的事。」瘦瘦的男人帶著
理解的表情說。

「是的。」華倫說：「我們只是想要在忙碌的一天
過後休息一下。當然，我們之前是有一些擔憂，但是
現在我們發現不需要擔憂。所以，我們不屬於這裡。」

「你們只是走錯了地方。」瘦瘦的男人說：「跟我來。」

他們再次走過藍色長廊。

「羅蒂在哪裡？」提娜問。

「她有一個很棒的小房間，她會得到良好的照顧。」男人保證。

現在他們走過黃色長廊。

「為什麼這裡的一切都是黃色的？」提娜問。

「因為這是黃色部門。」瘦瘦的男人說：「這樣比較好辨認。就讓我這麼解釋吧：這裡的人很累，因為他們無法解釋他們在想什麼。」

「這太可怕了。」提娜說：「我可以看一眼嗎？」

她打開黃色的門，探頭進去黃色的房間。她的臉變得有點紅，因為她正對著另一個女人的臉。

「我只是看看。」提娜說。

「都是妳在說。」那位女士生氣的說：「但是一直都是如此，為什麼我要多等一分鐘！」

一個男人站到她身旁。

「沒錯！」他大叫：「沒有藤架，修剪花木很簡單，而且是完全允許的！」

提娜退回去。

「我無法理解他們。」她說:「但是他們好生氣。」

「這就是為什麼他們這麼累。」瘦瘦的男人說:「他們說的話有意義,只是無法好好表達。」

提娜不知道該說什麼好。他們走過黃色長廊,來到綠色長廊。

「誰住在這裡?」她問。

「這裡的人們認為自己很失敗。」瘦瘦的男人說:「我們試著幫助他們克服。我們不斷對他們說『做得好』,或是『這樣很好,繼續保持,你很棒,棒極了』,或是『一切都會很好的,要有信心』,諸如此類的話。」

「我很了解這種感覺。」救援隊員說:「我上次救人的時候就是這樣。我進去看看。」

他走進綠色房間,那裡大概有十五個人。他們都想要做一些什麼,但是害怕開始。

一個男孩坐在椅子上,救援隊員在他身旁蹲下。

「嗨。」他說:「你做了什麼新東西嗎?」

「沒有。」男孩說:「所有的一切都破掉了。所有的一切。每次都這樣。」

「那真糟糕。」救援隊員說:「你做的什麼東西破掉了?」

「我想做一個全世界都在等的東西。」男孩說：「但是每次都不成功。」

　　「全世界都在等的東西，這真的很有野心啊。」救援隊員說：「如果從小一點的目標開始會不會比較好呢？比如做一個某個人在等的東西。我跟你說，就讓我來當這個人吧。我會等你把它做好，好嗎？」

　　「我不知道我有沒有辦法。」男孩說：「我怕它會破掉。」

　　「有時候破掉的東西也很好。」救援隊員說：「一個破碎的餅乾，就和完整的餅乾一樣好吃。一塊有污點的白色還是白色。有些世界知名的藝術品有破損，或是缺了一、兩個部分。事實上，有時候最有名的藝術品就是有缺憾的藝術品。」

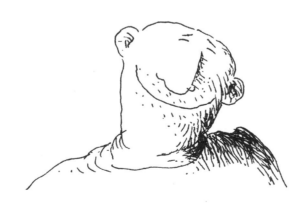

「是這樣嗎？」男孩說。

救援隊員說他會等男孩做東西給他，他希望男孩會成功做出某個完整的東西。

之後他回到長廊，看起來心滿意足，有著和以前一樣救了人的感覺，他希望可以盡可能維持這種感覺。

他們來到一條粉紅色的長廊。瘦瘦的男人打開兩間臥室，一間給救援隊員，一間給華倫和提娜。他們走進去，想看看房間長怎樣。但是到處都是黑漆漆一片，他們不知道窗外的風景是否美麗。瘦瘦的男人保證，窗外的風景非常美，於是他們相信了。他給他們每人一雙拖鞋。

「你們必須穿拖鞋。」他說：「這裡沒人穿鞋子。鞋子上都是外面來的灰塵。」

他們穿上拖鞋，覺得有點好笑。拖鞋真的很鬆軟，他們馬上感覺自己走起路來不一樣，就像小丑。

「現在我會帶你們去休息室。」瘦瘦的男人說。

「我想要先洗澡再去睡覺。」提娜說。

「你們的飲料已經準備好了。」瘦瘦的男人說。

「但是他們知道我們不屬於這裡，對吧？」華倫說。

「是的，他們知道。」瘦瘦的男人說：「而且他們也知道你們這樣想。」

他打開粉紅色休息室的門，輕輕把他們推進去。

十五個人在裡面，有高有矮，有胖有瘦，有老人和年輕人。他們像是老朋友一樣，和華倫、提娜和救援隊員打招呼，雖然他們根本不認識對方。

「見到你們真好。」他們大喊：「現在你們來了，所有的一切都會比以前更好。」

這些人擁抱他們，親了他們的臉頰，至少五下。左臉，右臉，左臉，右臉，然後再一次左臉。

華倫、提娜和救援隊員怕得要命，甚至連動都不敢動。

「我們只是來吃飯和休息。」救援隊員說。

「我們不屬於這裡！」華倫大叫。

「沒錯。」一個陌生人說，彷彿他明白華倫在說什麼。「我們懂這種感覺。這種感覺很可怕，不是嗎？但是這很快會過去的，你們會很驚訝的發現，你們很快就會適應這裡。我們會讓你們感到你們屬於這裡，是我們的一分子。喔，你們真是一群好人！」

接著他們再次擁抱華倫、提娜和救援隊員。

「我好累。」華倫想。

「我想洗澡。」提娜想。

救援隊員試著什麼都不想。

29

　　這六天來，波爾和羅蒂相處的方式彷彿他們是認識了一輩子的好朋友。他們一起吃飯、一起在戶外玩耍。如果沒人在看，他們還會一起玩扮演幽靈或小鳥的遊戲，「水邊心旅」的人很高興看到他們的進步。

　　第六天，瘦瘦的男人對他們說：「過來坐下，這樣我們可以好好談一談。你們兩個最近在想什麼？」

　　「我在想一座大山。」羅蒂說。

　　波爾說：「我也在想一座大山。」

　　瘦瘦的男人對此感到很滿意。他打電話給波爾的媽媽，說波爾準備好要回家了，他已經改善很多，不會一直想幽靈和怪物，而是在想一座大山。

　　波爾的媽媽很高興聽到這個好消息。「關於大山。」她說：「這真是偉大的想法。我明天就會來接他，這段時間真是麻煩你們了。」

　　這六天，羅蒂都沒有想到妮妮。波爾不會飛走，而且很容易交談。她告訴他關於黑石板的祕密，說她

很害怕黑石板。波爾剛好也很熟悉那條街。他住的地方就離那條街不遠。羅蒂也沒有想到華倫和提娜，波爾就是個夠好的夥伴了。他們在一起就像度假，這比漫無頭緒的尋找妮妮好太多了。

在此同時，妮妮就在離他們不遠之處。她的房間和他們相隔四個房間。每天清晨，她會飛去小溪玩耍，吃她想吃的東西。她會在森林裡飛翔、滑翔、在空中轉圈圈。當陽光不再搔她腳趾頭的癢，她就會飛回她在旅館的鳥巢。

第六天結束時，妮妮比平常晚回家。她等到天色完全變暗才回來，意外地，她飛進了別人的房間——波爾的房間。

波爾本來快要睡著了。但是，當他看到一個小幽靈從窗戶飛進來，他再次張大眼睛，大到不能再大。

妮妮看到床上已經有人了，於是飛到天花板，又飛到牆壁，最後在椅子上停下來，一動也不動。

波爾也都不敢動。

他瞪著黑暗中的幽靈。很明顯，這幽靈很小，而且並不危險。在小夜燈的照映下，危險的幽靈看起來很不同。

166

比如說像這樣：

或是這樣。

他房裡的幽靈一動也不動。波爾可以聽到它在呼吸。他以前不知道幽靈可以呼吸。呼吸讓這幽靈聽起來如此**活生生**。

　　「嗨。」他說：「你知道的，我不怕你。」

　　「咿普。」幽靈說。

　　波爾之前一直相信，幽靈只會說「喔一」和「啊一」，而不是說「咿普」。

　　「我知道你不存在。」他慢慢的說：「但是同時，你也**沒有**不存在，就是這樣。我看到你沒有不坐在那裡。我不該不給你喝的。如果有人不來不拜訪，我們不該不這麼做。所以這沒有不應該。或者你不覺得不應該不這樣？但是為什麼不？」

　　這時妮妮已經很累了。她斜斜靠在椅背上，把頭埋進翅膀裡，睡著了。

　　波爾瞪著黑暗中的幽靈。他很想摸摸它，但是他不敢。他的手可能穿過幽靈。如果你沒有感覺真實的血肉，那你會感覺到什麼？某種像是果醬、鼻涕或是雲朵的東西？慢慢的，他從毯子底下溜出來，跪在床上。

　　他盡可能小心翼翼、靜悄悄的關上窗戶。

168

30

波爾醒來時，發現椅子是空的。你看──他告訴自己──幽靈可以穿過緊閉的窗戶逃脫。我什麼都知道。

他馬上跑去告訴羅蒂昨晚發生的事。在整棟建築物裡，他只能跟她說。其他人會覺得他還沒復原，才會這麼說。

羅蒂坐在她床上，正在看天空。

「欸，」波爾說：「我昨天晚上看見一個幽靈了。」

「它長什麼樣子？」羅蒂問。

「很小。」波爾說：「而且它不會傷害人。」

「它走了嗎？」

「對。穿過關上的窗戶走了。」

羅蒂跟著波爾到他房間。

「它本來坐在這裡。」波爾說。

「你是在黑暗中還是有亮光的時候看到它？」

波爾是在黑暗中看到它的，不過黑暗中有小夜燈

發出的微光。如果房間完全黑漆漆一片，你根本什麼也看不到，即使你很想這麼做。

比如說，這是一隻活屍。

或者，這是一個有四角的圓。

或是，這是一片乾涸的海。

「幽靈走了。」她說：「事情就是這樣，幽靈會在天亮時消失。」

她本來要離開了，這時候她聽到一聲「咿普」。

聲音是從波爾床底下傳來的。羅蒂彎下身去看。她看到妮妮躲在床底下，躲在最遠的角落。

「妮妮！」羅蒂大喊。

她爬到床底下，把妮妮拉出來。她吹掉她翅膀上的灰塵。

「妮妮，真的是妳嗎？」她問。

「咿普。」妮妮說。

波爾瞪大眼睛。所以，這不是一個幽靈，而是一個長得像鳥的女孩，或是一隻長得像女孩的鳥，或介於兩者之間。

妮妮飛到天花板，又再次飛下來，坐在椅子上，就在她昨晚坐著的地方，一動也不動。

「妳去了哪裡？」羅蒂說：「我們都在找妳。我們甚至來不及說再見。」

「自季。」妮妮輕輕說。

「再見，對，再見。現在我跟妳**說過**再見了。妳不能不說再見就飛走。特別是現在。我要去找提娜、華倫和救援隊員。他們在粉紅色部門那邊，他們也在

171

找妳。但是他們因為找妳找得很累，所以現在在休息。他們一定還在休息，因為他們還沒來問我，我過得怎麼樣。」

「威想吃呼咿生醬三明治。」

「沒問題，妳會有一個花生醬三明治。」

羅蒂和波爾換好衣服，去吃早餐。羅蒂做了一個三明治，上面塗了厚厚一層花生醬。她把三明治帶給妮妮。妮妮現在又躲回床底下了。

一些羽毛飄過地板。

「現在我們要去找提娜、華倫和救援隊員。」

他們把妮妮留在房間，然後來到粉紅色部門。他們小心翼翼的敲休息室的門。一個人探出頭來。

「你們想要什麼？」他問。

「我們必須和提娜、華倫及救援隊員談談。」羅蒂說：「我們有個驚喜要給他們。」

他們三人很快來到走廊上，都穿著他們的小丑拖鞋。

「跟我們來。」羅蒂說：「我有一個大驚喜要給你們。」

「不，我們不去。」華倫說：「我們要留在這裡。」

「我們屬於這裡。」提娜說。

「沒錯。」救援隊員說：「這裡很好，我們在這裡是快樂的大家庭。妳不屬於這裡，真可惜。妳屬於別的地方。」

「但是我們找到了妮妮。」

華倫、提娜和救援隊員一開始什麼都沒說。他們正在仔細思考他們聽到的話。彷彿，他們要把好多事從他們心靈前方推開，最後，那個藏在他們心靈後方的東西才會重新出現。

「妮妮！」

提娜發現自己淚流滿面。「都是因為這個地方太安逸了。所有的一切都如此舒適，因此我停止去想任何事。」

「而我完全忘了，那個我本來可能拯救的、被鳥吃掉的女孩還在某處。」救援隊員說：「不去想這件事比較容易。」

「妮妮還好嗎？」華倫問。

「她很好。」羅蒂說：「自己來看看吧。」

華倫、提娜和救援隊員想要先和粉紅色部門的住戶說再見。這至少花了半小時。當他們回來時，每個人的臉都紅紅的。

「他們隨時歡迎我們回來。」救援隊員高興的說：

「這裡的大門永遠為我們敞開。」

他們快步跟隨在羅蒂和波爾身後，穿過黃色長廊、綠色長廊，然後爬樓梯到頂樓。

一個清潔人員正站在波爾房門外。她推著一台清潔車，手中拿著一堆清潔用品。

「不要打掃我的房間！」波爾大叫。

「我已經打掃過了。」清潔人員說。

「床底下也是嗎？」

「你知道，我不用每天做這個的。」

床底下有一堆灰塵。窗戶大大敞開，為了讓新鮮空氣進來。華倫透過他的望遠鏡看到，有東西飛向遠方，那東西不在他的鳥類圖鑑上。

「我們來得太遲了。」提娜抽抽鼻子，說：「如果我們早點想起她就好了。現在我依然沒有跟她說再見。」

「我說了。」羅蒂說：「我也給她做了她最喜歡的花生醬三明治。」

「這裡有太多噪音和混亂了，她不喜歡。」華倫說：「這一切對她的刺激太大了。」

他們凝視天空很久很久。今天天氣很好，對飛行來說，再完美也不過了。

31

　　他們在波爾的房間待了很久，還從床底下清出一堆羽毛，吹拂這些羽毛。

　　「我今天要回家了。」波爾說：「我媽媽要來接我。」

　　「我也得走了。」羅蒂說：「我爸爸今天要回來。波爾說，他們可以載我一程。」

　　「但是我依然不知道，是不是有某個被吃掉的孩子躺在某處。」救援隊員說。

　　「我也還沒和她說再見。」提娜說：「我本來以為這不重要了，但這依然很重要。」

　　「妮妮往南邊飛了。」華倫說：「南方很大。」

　　「所以我們應該回家嗎？」

　　「我們再往南走一段路，只是為了以防萬一。」華倫說：「當天氣變得太熱，或是我們覺得不需要找了，或是太累了，我們就停止。到時候，我們也已經盡力了。」

外頭停滿了車。車子的主人來這裡接他們的小孩、太太或丈夫，或是來探望某個人。

波爾的媽媽就在這些人之中。

她問波爾這段期間是否過得愉快，她很想聽到他說：「對。」

「對。」波爾說。他向媽媽介紹羅蒂，彷彿羅蒂是一個他得到的新鮮事物。波爾的媽媽很高興羅蒂要和他們一起走。但是羅蒂首先要說再見。她只和瘦瘦的男人及櫃台服務人員匆匆握了手。但是和提娜、華倫與救援隊員道別，則比這個長得多。他們向彼此承諾，會互相探望，他們也把彼此的電話、地址寫在小紙片上。他們把小紙片放在口袋裡面藏好，免得這些小紙片被風吹走。

當其他人都開車離去，提娜和華倫向他們揮手，盡可能揮得越久越好。

在此同時，救援隊員說：「我去一個地方一下，馬上回來。」

他來到了綠色部門。在休息室，他找到了那個要幫他做一個東西的男孩。

男孩看起來鬆了一口氣。

「所以你真的在等我。」他說，拿出一塊黏土。

黏土上有些裂痕，但是沒有破掉。

「這是我做的。」男孩說：「我叫它『思緒』。」

「好棒。」救援隊員說：「我腦中的想法有時候也長這樣。」

「所以你覺得我成功了嗎？」

「當然，超級成功。」

「你不覺得裂痕讓它變得難看？」

　「一點都不。」救援隊員毫不猶豫的說：「裂痕是思緒的一部分。」

　男孩看起來更放心了。

　「我有烤過。」他說：「讓它變得更堅韌。」

　「超棒的。」救援隊員說：「被火烤過而變得更加堅韌的思緒。我可以帶走它嗎？」

　「可以。」男孩說：「我會做更多，也許還有其他人想要。」

　救援隊員大力握了握男孩的手，這才走回長廊。

　「你手上那是什麼？」提娜問。

　「有人特別為我做的。」救援隊員說：「叫『思緒』。」

　「喔。」提娜說。她努力想要理解這個雕塑，但她的思緒看起來和這很不同。

　之後他們往南邊走去，一路上聊著許多事，關於羅蒂，關於粉紅色部門的人。接下來，他們開始聊妮

妮。他們走在有人設計好以及自然形成的小徑上。那些有人設計好的小徑，是有人先想像出來、畫好，再鋪出來的。其他的小徑，則是因為有很多人走，才出現的。如果有夠多人走，一條新的小徑就會出現。

他們抬頭往天空望，又低頭往灌木叢底下看。

有時候提娜會吸吸鼻子，說：「你們聞到了嗎？每件事物都有自己的氣味。」

他們都吸吸鼻子，去聞一朵花、一隻小動物，聞聞彼此。

「真的。」他們說：「每件事物都有自己的氣味，而我們不知道怎麼形容。」

他們的頭頂，是高高掛著的太陽。

32

　　提娜、華倫和救援隊員往南走了兩天。他們往上看，往下看，往左看，往右看，還看了在上下左右之間的地方。

　　他們看了一大堆，卻依然沒看到妮妮。

　　南方看起來永無止境。

　　第一晚，他們睡在一個乾草堆中。那裡已經有兩個人在睡，但他們不想和華倫一行人說「嗨」或「哈囉」。

　　他們所說的唯一一句話是：「我們不在這裡。我們不在這裡。」

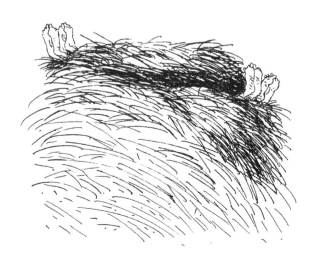

第二天晚上，他們來到一個豬圈，不過這豬圈已經被改造成適宜人居的房子。

　　他們繞著房子四周走了一圈，隨即在後院發現一張桌子。桌子上有一張椅子，椅子上放著一張凳子，凳子上放著一本書。而在書上，有個大約二十歲的年輕人正在倒立，他的雙腳和雙手大大打開。

　　「你們看看我會什麼！」他大叫。

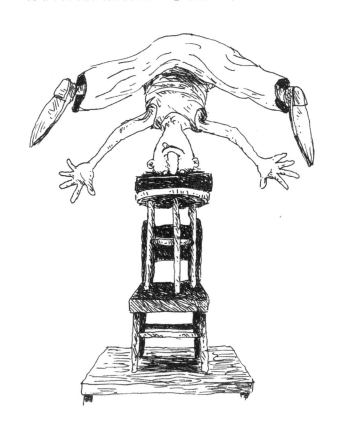

「小心點，別摔下來！」提娜對他喊。

他馬上就摔了下來，但毫髮無傷。

「一點都不痛。」他說：「我知道的。你們有沒有看到那有多危險？你們看仔細了嗎？你們看到了，對吧？你們剛好趕上。」

救援隊員想要扶他起來，但是年輕人說他可以自己站起來。

華倫問年輕人，他們可不可以在這裡住一晚。年輕人說可以。他在他的客廳用乾草幫華倫和提娜堆了一張大床，在他房間裡則清出一個空間給救援隊員。

之後他幫他們準備了食物：馬鈴薯、煎培根丁和一些酸奶油。

吃完飯，年輕人問，他是否可以讓他們看看他有多勇敢。在觀眾面前表演好玩多了，尤其是當有人大喊：「天啊你好勇敢！」

他們來到室外。年輕人爬上一個斜斜的屋頂，然後用單腳站立。他用單腳站立的姿勢非常優雅，彷彿就要飛走了。

「哇，你好勇敢！」提娜大喊。

「我一開始也不夠勇敢。」年輕人從屋頂上往下喊：「但是我現在夠勇敢了，因為有個守護天使在保

護我。我昨天晚上看到他了。是真的，他只是一個小小的守護天使，但是他依然可以保護我，就像你們看到的。」

他換了一隻腳表演單腳站立。

「我昨天晚上睡不著。」年輕人說：「我一直在翻來覆去。突然我看到了一個天使坐在窗台上。我看到了他的翅膀。那是專屬於我的守護天使。」

「那會不會是⋯⋯」提娜開始說，但是華倫伸出手指，在她嘴巴前比了一個「噓」的動作。

「噓。」他說：「什麼都不要說。他現在正在屋頂上用單腳站立。」

「是的，當然。」提娜低語，「他一定是看到了妮妮，但是我們什麼都不會說，因為他可能會摔下來。」

33

　　他們在年輕人的客廳度過夜晚。年輕人和他們分
享啤酒與溫牛奶,還有好多好多故事。他告訴他們,
所有他想要做的大膽事情。比如:

在半夜穿過叢林,一點都不害怕叢林或黑夜。

在高空走繩索，

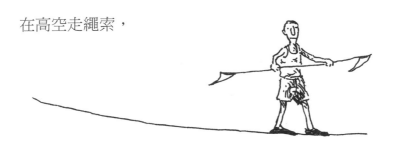

下面是深淵。

幫老虎刷牙。

「但要做這些，我需要觀眾。」他說。

「你一直都單獨住在這裡嗎？」提娜問。

「一開始不是。」年輕人說：「以前我和二十頭豬住在一起，但是牠們生了罕見疾病，統統死光了。我的工作也和牠們一起死了，之後我就很害怕，不敢嘗試新事物。我也很怕罕見疾病。但是現在我什麼都不怕了。」

「你會是一個很好的救援隊員。」救援隊員說：「救援隊員必須不怕冒險。你想要成為救援隊員嗎？我會幫助你，我就是一名救援隊員。」

「你們看！」年輕人大叫：「因為我的守護天使，現在一切都很順利。是他送你來這裡的。我很樂意當一名救援隊員，我常常在電視上看到他們。那很令人興奮，現場總是有很多血。我會有獎盃和獎牌那一類的東西嗎？我希望有很多麻煩事要解決，這樣我就有很多事可以做了。」

已經很晚了，於是大家上床睡覺。華倫和提娜在他們的乾草床躺下，救援隊員則爬上自己的床，就在年輕人旁邊。

救援隊員覺得不太舒服。乾草一直搔著他的背和屁股。他想念老父親和老母親，知道他媽媽每天都會

尋找他的身影，從紅色的花叢後往外看，看看他回來了沒有。他想著，當他不在時，城裡發生了多少緊急事故。他想著，他有多麼思念自己的工作。他想要回家。

突然，他看到妮妮從打開的窗戶飛進來，坐在窗台上。滿月映照在她身上，這時的她看起來真的很像天使。救援隊員躺在那裡看著，一動也不動。天使就在旁邊，但同時遙不可及。現在他敢肯定，並沒有一個被吃掉的孩子躺在某處，而這世上依然有奇蹟。

妮妮在窗台上只待了一會兒。屋子裡太擁擠、太令人窒息了。她再次飛走，爬到一張桌子底下，那是白天年輕人用來表演的桌子，桌子上有一張椅子，椅子上有一張凳子，凳子上有一本書，那是一本關於風景的書。

救援隊員滿心歡喜的睡著了。他夢到，他也有翅膀，飛到他住的街道上，他的父母都跑出來，站在門口看他。他們對他喊：「晚餐六點會好，你會下來吃嗎？是你最喜歡吃的！」但是他聽不清楚他們在說什麼。他只聽到「丸子」和「鮮麵包」之類的詞，而他不知道這些美妙的食物吃起來會是什麼味道。

34

　　吃早餐的時候，救援隊員告訴大家他半夜看到了
守護天使，「你們知道我在說誰」，就是穿著斗篷、
有羽毛的那一個。他告訴他們，他如何親眼看到她，
就在夜深人靜之時。他說，他現在感到很平靜，不再
害怕猛禽了。接著他說，他想要回家。如果年輕人想
要跟他一起走，他很樂意帶他同行。他們會一起去救
援大隊，然後他會問救援隊，年輕人能不能在那裡當
見習生。他很確定，如果他開口，他們就會同意，因
為他是全城，不，甚至全國最好的救援隊員。

　　年輕人馬上跳起來去拿自己的牙刷。他們四人一
起慢慢走到離這半小時路程的公車站。他們要等很久
的公車。為了打發時間，華倫告訴他們小嘴鴉和紅雀
的生活史。救援隊員告訴年輕人，要當個救援隊員，
要小心什麼出乎意料的事物。這種事有好多好多，年
輕人無法一下子就記得那麼多。

　　之後，提娜與華倫提前和救援隊員及年輕人道

別。因為當公車來的時候，你總是沒有足夠的時間好好說再見。救援隊員不知道他要親提娜的臉頰一下、兩下還是三下。第三下就這樣停留在空中，在他們之間。也許空氣中充滿了你看不見的吻，雖然看不見，但依然存在。他們答應彼此，會互相寫明信片，上面寫著「你最近過得怎樣」以及「我最近過得很好」。

公車來的時候，他們說：「我們剛剛已經說過再見了。」但是他們還是又說了一次再見，不然這分離會太突兀。

救援隊員和年輕人上了公車，坐在最後面的位置。有好長一段時間，他們還可以目送彼此，直到公車拐了個彎，救援隊員和年輕人才消失在華倫和提娜的視野。

現在就只剩下華倫和提娜兩個人了，在城市和南方之間某處。

　　「喔，華倫。」提娜說。

　　「喔，提娜。」華倫說。

　　「為什麼其他人都看到了妮妮，就我們沒有？我為她做了這麼多。」

　　「她可能還沒飛遠。」華倫說：「她一直都在附近，事實證明，她還沒有真的離開。所以就讓我們抱持希望吧，至少再一天。或許我們還會遇見她。過了這一天，就讓我們這樣想：所有發生的一切，都是最好的結果。」

　　他們走上一條充滿砂土的小徑，不知道這條路到底是通往東南還是西北。

　　砂土踩起來軟軟的。他們的鞋子很快就看起來舊舊的。

　　提娜問自己：她的鞋子踩在沙上的聲音，要用什麼字去形容呢？走在碎石路上的聲音像是「喳喳喳」，而這個聲音比較像是一聲嘆息。世上有這麼多事物沒有字詞可以形容。你可以發明一個字，但是除非大家都知道這個字，不然就沒用。不過，有些字是例外。有些字，只要有幾個人知道，你就可以用它

們。比如，華倫就知道，當她說「咕唧咕唧」或「喇」的時候，她在說什麼。

突然，他們聽到一聲槍響。

直到現在，他們才發現遠處的田野有一排獵人。他們正走上一個山丘，幾乎走到了山頂。

「不要開槍！」提娜驚恐的大叫。

但是獵人們沒聽到她的叫喊。即使他們聽到，也不會理她。因為如果他們不開槍打獵，就沒必要大老遠跑來這裡了，大可坐在家裡不要出門。

提娜和華倫跑向獵人。他們根本沒時間去想，從遠處看，他們可能會看起來像是獵物：一頭鹿、一隻兔子，或是任何美味可口的四腳動物。

「馬上停下來！」提娜叫：「停下！你們知道這有多危險嗎？」

她和華倫上氣不接下氣的停下來。有一段時間，他們只聽到風聲。接著，他們又聽到另一聲槍響，不過已經在遠方了。

獵人們消失在山丘後。

「我們成功趕走他們了。」華倫驕傲的說。

他們離開田野，鞋子沾滿了黏土，這讓他們走起路來和之前不一樣。

回到柏油路上，他們的鞋子在路上發出新的聲音。如果有個字可以形容，它會像是「吸」的聲音（要真的吸氣）。雖然這個字已經被用來形容別的事物，但沒關係，不要緊。有許多字有很多不同的意義，當你聽到它們，你不會搞混。

　　他們試著把鞋子清乾淨，不要弄髒手。他們先是踩了踩一塊青苔，之後從樹下撿起一根樹枝，想要用它來清理鞋子縫隙裡的泥巴。

　　這時候，他們突然看到地上有東西，那東西被灌木叢擋住了一半。

　　那看起來像是一隻猛禽，但是它不在華倫的鳥類圖鑑上。那東西有腳，還有兩隻翅膀，長在人們平常長著手臂的地方。

　　「妮妮！」提娜大喊。

　　「咿普！」妮妮小聲說。

35

一顆子彈打穿了妮妮左邊的翅膀，就在最下面，靠近身體的地方，那邊長著柔軟的羽毛。

許多羽毛凌亂的散在地上。

華倫再次抱起妮妮，把她放在自己的臂彎，像是放在一個鳥巢。提娜撿起地上零散的羽毛，想著也許她可以用強力膠把它們黏回去。

「我們回家。」華倫說：「現在。」

他們坐上第一班來的公車。當公車來到一個火車站，他們下車改搭火車。

妮妮好輕，輕得彷彿整個人都不存在。她看起來不省人事。回家的路上，所有的一切都在動，除了妮妮。

他們直到深夜才到家。

過了兩天，妮妮才醒過來。之後還要過很長一段時間，她才能再次使用她的翅膀。

提娜決定不用強力膠把羽毛黏回去。她用它們做

了一個小翅膀，放在桌上，只是為了看著它。

　　雖然很慢很慢，但是妮妮的翅膀確實在復元。起初，她試著揮動它。然後，開始拍著翅膀小步跳。很快地，她可以飛到碗櫃上了。

　　「我覺得她正準備再次飛走了。」華倫說：「南方。我覺得她要飛往南方。我們無法阻止她。」

　　「但是屋子裡不是也很好、很溫暖嗎？」提娜說。

　　「是沒錯。」華倫說：「但是有些鳥和動物就是有這個本能，牠們感受到南方在召喚牠們。」

　　提娜明白了。你無法把一隻鳥永遠留在家裡，除

了留在你的思緒中。

「那我們就要好好、慢慢的說再見。」提娜說：「我無法想像，她在我習慣這個念頭之前離開，雖然我已經習慣了。」

那天下午，華倫進城一趟，買了一枚金色的戒指，剛好可以塞進妮妮的大拇趾。戒指上刻著「一路順風」四個字。

提娜則是花了一整個下午煮了一頓特別的餞別晚餐：字母湯。這樣子，他們就可以吃下「再見」和「改天見」。

她也做了很多煎餅，還準備了稍微燙過的蜘蛛，放在種籽上，也用獨門的食譜烤了一些甲蟲。

她精心布置餐桌，並且用花園的綠色枝葉裝飾妮妮的「投食機」。

她還開了一瓶酒。長久以來，他們保存這瓶酒，為了某個特別的日子。好幾次，當他們想要開這瓶酒，他們會問彼此：「今天是個特別的日子嗎？」

每一次，他們都覺得今天不夠特別，沒有特別到

要開這瓶酒。

　　但現在就是那個特別的日子。

　　提娜和華倫一起喝完了那瓶酒，他們都變得很開心，咯咯咯的笑。他們在房間裡跟著妮妮跳來跳去，彷彿他們也飛了起來。雖然只有飛起來超級小一點點。那麼小那麼小，你根本看不到，只能用感覺的。

　　在他們小小慶祝會後的隔天早晨，妮妮就離開了。她從打開的窗戶飛進遼闊的天空，飛向南方。

　　提娜和華倫在桌子底下、碗櫃上、床底下找她。

　　「她走了。」華倫說。

　　「去南方了，對吧。」提娜說。

　　她也想去南方，但是她屬於北方。有時候北方不冷的時候，也可以很溫暖。

　　「也許有一天她會回來。」提娜說。

　　華倫來到外面，看著鄉間的天空。

　　有一瞬間，他以為他看到了妮妮。

　　但那只是望遠鏡上的一個斑點。

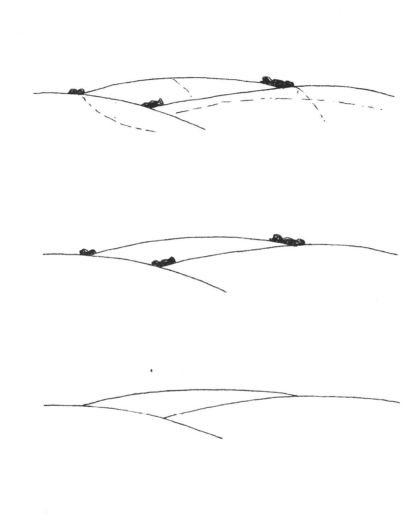

解說
關於放手

林蔚昀

　　乍看之下，《想飛的孩子》的故事很簡單。華特和提娜是一對夫妻，華特喜歡賞鳥，有一天他賞鳥的時候，發現草叢裡有一個長著翅膀的女孩。華特帶她回家，和提娜一起養育她，給她取名鳥鳥，後來他們發現鳥鳥無法發出「啊」的音，說不出自己的名字，於是改稱她為妮妮。雖然他們不知道撿到的小生物是人還是鳥，但他們決定愛她、接受她，讓她可以做自己（吃蟲、飛來飛去），又可以適應社會生活（穿披風、出去逛街）。

　　兒童文學中不是有很多這樣的故事嗎？故事中總是有個不一樣的孩子，因為自己的「不一樣」而遭別人排擠，不知道能不能順利做自己，最後在家長、朋

友、老師的幫助下找到和世界和平共處的方式。《穿裙子的男孩》、《我親愛的甜橙樹》、《窗的彼端》、《哈利波特》、《老虎先生》、《窗邊的小荳荳》等作品，其實都是這樣的故事。

可是，和以上作品不同的是，《想飛的孩子》故事才進行了四分之一，妮妮還來不及找到「可以當自己，同時融入社會」的方式，她就飛走了。而且，雖然提娜很難過，但華倫好像沒有要幫她的意思，只說：「你沒辦法阻止鳥飛走。鳥就是這樣。有一天，牠們會飛走。」

讀者可能會覺得華倫很豁達又有點冷血，但之後我們會發現，華倫也同樣難過、在意，只是在希望妮妮留下來和讓妮妮走之間，他選擇讓她走。提娜也接受了妮妮就是會飛走，然而，在永遠分離之前，她想要和她說再見，不是為了勸妮妮留下，而是為了讓自己接受這件事。

所以，這是一個關於「家長放手讓孩子飛的故事」嗎？好像是，但好像也不只如此。妮妮在她的飛行冒險中，遇到了許多人：寂寞的女孩羅蒂、以為她要跳樓而想要拯救她的救援隊員、害怕幽靈的男孩、害怕新事物但又想要挑戰自我的年輕人、想要把她打

下來的獵人——這些人之中，有人想要留下妮妮，有人害怕和妮妮相遇，有人想要傷害妮妮，也有人覺得遇見妮妮真是太好了。而妮妮在和這些人相遇互動的過程中，也有所成長、改變。她給了這些人一些東西，也從他們身上獲得一些東西，有好有壞。

這個相遇、互動、分離的過程，不就是我們整個人生都在做的事嗎？於是我們發現，《想飛的孩子》層次非常豐富，它可以用來講家長和年幼孩子的關係，但也可以拿來談朋友和朋友、老師和學生、成年子女和家長、戀人和戀人、治療師與被治療者之間的關係。我們都在學習如何相遇、互動、放手和別離，這件事看似簡單，但其實好難，要花一輩子學。

作為一本童書，《想飛的孩子》是很勇於為孩子發聲的。它以充滿童趣的文圖，從孩子的角度出發，描寫了許多孩子的快樂和恐懼，也強調孩子的自由意志。家長或其他大人都沒辦法改變孩子，讓他成為他們想要的樣子。不管家長多愛孩子、多想保護孩子免於外界的傷害，孩子就是會長成他自己的樣子，也總有一天會離家。這時家長能做的，就是好好跟孩子說再見，放手讓他走，然後相信他有能力照顧自己，會好好的。這本書很特別的地方是，它沒有很強硬的跟

讀者說：「要放手。」它同理了家長的傷心、掙扎、擔心，另一方面，它也可以給孩子勇氣，讓他們可以跨出去，放心做自己，前往他們要去的地方。

　　如果我們跳脫「家長—孩子」關係的框架，我們也可以如此對待每一個和我們相遇、之後又要和我們分離的人。不管想不想，大家都會飛走。飛的時候會有恐懼，但也會有自由。希望看完《想飛的孩子》，大家在飛的時候可以少一點恐懼，多一份開心，而當我們目送別人飛走時，我們也可以真心祝福。

故事館

小麥田　想飛的孩子

作 繪 者　尤可·范·李文（Joke van Leeuwen）
譯　　　者　林蔚昀
封 面 設 計　達　姆
校　　　對　呂佳真
責 任 編 輯　巫維珍

國 際 版 權　吳玲緯　楊　靜
行　　　銷　闕志勳　吳宇軒　余一霞
業　　　務　李再星　李振東　陳美燕
編 輯 總 監　劉麗真
發 行 人　涂玉雲
出　　　版　小麥田出版
　　　　　　地址：10483 台北市中山區民生東路二段141號5樓
　　　　　　電話：(02) 2500-7696
　　　　　　傳真：(02) 2500-1967
發　　　行　英屬蓋曼群島商家庭傳媒股份有限公司城邦分公司
　　　　　　地址：10483 台北市中山區民生東路二段141號11樓
　　　　　　網址：http://www.cite.com.tw
　　　　　　客服專線：(02) 2500-7718｜2500-7719
　　　　　　24小時傳真專線：(02) 2500-1990｜2500-1991
　　　　　　服務時間：週一至週五 09:30-12:00｜13:30-17:00
　　　　　　劃撥帳號：19863813　　戶名：書虫股份有限公司
　　　　　　讀者服務信箱：service@readingclub.com.tw
香港發行所　城邦（香港）出版集團有限公司
　　　　　　地址：香港灣仔駱克道193號東超商業中心1樓
　　　　　　電話：+852-2508-6231
　　　　　　傳真：+852-2578-9337
馬新發行所　城邦（馬新）出版集團【Cite(M) Sdn. Bhd】
　　　　　　地址：41, Jalan Radin Anum, Bandar Baru Sri Petalin
　　　　　　　　　57000 Kuala Lumpur, Malaysia.
　　　　　　電話：+6(03) 9056 3833
　　　　　　傳真：+6(03) 9057 6622
　　　　　　讀者服務信箱：services@cite.my
麥田部落格　http://ryefield.pixnet.net
印　　　刷　漾格科技股份有限公司
初　　　版　2024年2月
售　　　價　320元
ISBN：978-626-7281-49-9
EISBN：9786267281482 (EPUB)

國家圖書館出版品預行編目資料

想飛的孩子／尤可·范·李文（Joke van
Leeuwen）著；林蔚昀譯. -- 初版. -- 臺
北市：小麥田出版：英屬蓋曼群島商家
庭傳媒股份有限公司城邦分公司發行，
2024.2
　面；　　公分. --（小麥田故事館）
譯自：Iep!
ISBN 978-626-7281-49-9（平裝）

881.6596　　　　　　　　112019525

城邦讀書花園
www.cite.com.tw
書店網址：www.cite.com.tw